Droppteorin

1

Den Samlade Treologin

Droppteorin

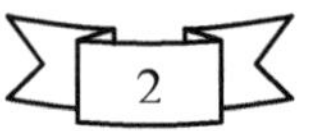

Den Samlade Treologin

Förlag och tryck: BoD
ISBN: 978-91-7463-783-0

Droppteorin

$$(x+a)^n = \sum_{k=0}^{n} \binom{n}{k} x^k a^{n-k}$$

$$\frac{-\boldsymbol{b} \pm \sqrt{\boldsymbol{b}^2 - 4\boldsymbol{ac}}}{2\boldsymbol{a}}$$

$$f(x) = a_0 + \sum_{n=1}^{\infty} \left(a_n \cos\frac{n\pi x}{L} + b_n \sin\frac{n\pi x}{L} \right)$$

Droppteorin

Författarens ord:
Det har varit lite olika jobbit att skriva den här boken, det är alvarligt det som händer i boken och har påverkat mig som skribent av den, till att vara lite mer ödmjuk och förstående till andra kulturers rätt och inte rätt att existera. Vem har rätt till en planets jord, vem har rätt att bruka den. Om det kom ett rymdskepp med figurer som hävdade att jorden tillhör alla. Vad skulle vi då tycka, tänka eller göra. Jag kan tänka mig att vi människor skulle starta ett fasansfullt krig, och kanske har vi rätt att göra det men viken rätt har urinvånarna. Vad händer om vi inte kan förstå varandra.
Det är svåra frågor och jag tycker att huvudpersonerna i boken hanterar dessa frågor med stor omsorg både av sig själva och planetens urbefolkning som inte alls är olik oss.

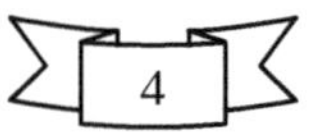

Droppteorin

Prolog:

Ett team har satts ihop för att ta fram både en farkost och ett bränsle för att utforska de yttre delarna av universum. En av deltagarna i ledande position har en egen teori över hur ekvationerna bör tolkas. Denna ekvation sätter all gammal kunskap inom den ekvatoriska mattematiken på huvudet. Men det finns en matematiker i teamet som kan tolka siffrorna och förstår storleken i det funna materialet. Men siffrorna kan ju inte bara stanna i en datorburk, de måste ut och lufta sina vingar bland övriga forskarvärlden. Siffrorna måste bli erkända och godkända för att vinna någon bärkraft alls.

En av deltagarna i teamet stiger upp till plattan och presenterar denna ekvation varpå erkända forskare ger både sitt samtycke och erkännande av ekvationen. Presentationen hade presenterats med en skruv vilken togs emot mycket alvarligt, precis som beräknat.

Droppteorin

Kapitel 1

Utskicket

Jeanette Isaksson... född år 2105. Hon är projektledare för en grupp forskare vars främsta uppgift är hitta nya metoder och medel som kan göra att vi kan ta språnget ut i universum på alvar. Hennes främsta uppgift som projektledare är att få gruppen att arbeta som en enhet där alla strävar mot samma mål, vilket kan vara nog så svårt då alla i gruppen är elittänkande individualister.

Det var ett synnerligen vackert väder, solen smekte lekfullt Jeanettes panna medans hon med lätta steg klev mot forskningslaboratoriet. Hon kände med ens att det skulle bli en bra dag idag. Hon hade egenheten att på förhand kunna bestämma huruvida dagen skulle bli bra eller dålig, och nu när solen sken och vinden endast fläktade hennes varma kropp så kunde hon inte annat än att känna sig glad och positiv inför dagen. Inne i laboratoriet var allt sig likt, lokalerna är utrustade med en klimat

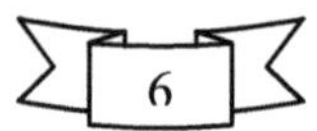

anläggning som ser till att det alltid är en konstant inomhus temperatur på 20° C är tråkiga och torftigt inredda. Det är därför som Jeanette uppskattar vädret utomhus så mycket. Golvet inne i labboratoriet är täckt med en gråspräcklig plastmatta som visserligen är mycket mjuk och behaglig att gå på, men färgen så intetsägande att man liksom inte ser ner på själva golvet. Man registrerar visserligen att det är ett golv men mer information än så bryr sig inte den mänskliga hjärnan om att bearbeta. Väggarna däremot är målade i pigga pastellfärger som ger både värme och energi åt rummet. I korridoren står en och annan grön växt vilket också det är tänkt att höja arbetslusten.
Man hade redan i slutet av 1900- talet genom grundforskning kommit fram till att pigga pastellfärger höjer arbetslusten och ökar trivselkänslan på arbetsplatsen. Detta trots att 1900- talet både var en brytningstid och en tid för nytänkande. Vi lämnade det fattiga nödtorftiga livet och kastades in i kunskapssamhällets

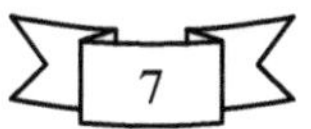

tidsepok. Visst fanns det även dem som gärna utnyttjade de nya liberala politiska hållningarna för sina egna låga intressen. Narkotika florerade fritt i stora mängder. En hel generation människor höll på att gå under och förslavas under narkotikans gissel. Det fanns även andra problem som blev tydliga i slutet av 1900- talet, arbetslösheten och utanförskapet. I takt med att vi ägnade mer och mer tid åt att bedriva export av kunskapsrelaterade produkter så växte klyftan mellan dem som hade möjlighet och kapacitet att kunna tillägna sig just den kunskap och de som inte hade den möjligheten. Politiker talade stort om dem som hade kapaciteten att blomma på arbetsmarknaden och menade att vi alla hade samma grundförutsättningar och samma möjligheter, det gäller bara att välja rätt, för det handlade om valfrihet. De mindre bemedlade människorna hade ju helt enkelt valt att ha det knapert, de hade inte valt att studera, de hade valt att vara sjuka och handikappade istället.

Droppteorin

Jeanette stiger beslutsamt in genom den kraftigt ljudisolerade dörren till sitt kontor. Lamporna tänds automatiskt och en len kvinnoröst röst säger; God morgon Jeannette. Vill du att jag kopplar upp dig på intranätet nu?
- Ja… ja gör det. Det är väl lika bra att slänga sig direkt in i arbetet, tänkte Jeanette. Hon hänger av sig sin kappa på en tamburmajor som stod likt i givakt vid sidan av ingången och går fram till sitt skrivbord och sjunker ner i sin ergonomiskt riktiga arbetsstol. Jeannette lutar sig tillbaka, trummar lite med fingrarna på armstödet och ser sig om i rummet. Rummet är väldigt personligt inrett med mycket av Jeanettes personliga saker framme. Hon tycker att det känns skönt att ha saker från hennes hemmiljö här, det inger en sorts trygghetskänsla. Hon har givetvis en musikanläggning som är sprängfylld med klassisk musik då hon har funnit att just den här typen av instrumental musik får henne fungera bättre mentalt. Är hon t.ex. trött och har ett lågt högsta tempo

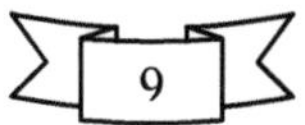

så kan hon med hjälp av musiken höja sin arbetsrytm helt enkelt genom att välja musik som stegvis ökar i rytm och styrka. Känner hon däremot sig stressad och därför inte presterar sitt yttersta, ja då kan hon enkelt gå andra vägen och sätta på musik som börjar kraftigt och mustigt men som efterhand klingar av till sammetslena, lugna toner. Både hjärta och hjärna varvar ner i takt med musiken, och det är just detta som menar Jeannette är nyckeln till ett rikt liv. Att våga äta av alla smakerna men ändå hålla en hälsosam balans, då kan man slänga in lite extra krut i dynamitgubben när det behövs. Den här tekniken kom till i Asien för flera tusen år sedan, det var först på 1900- talet som intresset i väst ökade och man tog till sig dessa andliga kunskaper. Det var även i Asien som man började ägna mer tid åt psyket, man förstod vikten av att se hela människan, både kropp och själ. Rummet är ganska väl tilltaget för att vara år 2130, även för en chef, hela 10m^2. Hon drog en tung suck och lutade

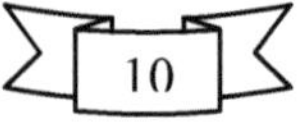

sig fram till datorskärmen. Det var inte en suck av trånad och längtan till att få börja jobba, du vet en sådan suck som börjar i nedre delen av magen och som långsamt jobbar sig uppför bålen för att slutligen nå strupen och munnen. Nej, det var mer en suck av tristess som började långt nere i tårna och som långsamt, långsamt jobbade sig upp genom kroppen. Fiber för fiber, cell för cell blir berörda av denna djupa andning. Själva "suck" ljudet är bara en manifestation, en bekräftelse på att känslan som startat vid tårna nu har nått andra änden av kroppen. Jeannette gick in på sin privata hårddisk och öppnade ett dokument med namnet "Dropp teorin". Genast vände humöret och Jeannette klickade sig fram till några uträkningar hon gjort tidigare. *Jeannette har en alldeles egen teori om hur universum är konstruerat, men hon har valt att hålla det för sig själv, i alla fall tills vidare. Hon vill vara helt säker på att uppgifterna är helt korrekta och verifierade innan hon presenterar sin*

upptäckt. Hon arbetar på sin teori på de få lediga timmarna som hon har till sitt förfogande. Att jobba med det på arbetstid är alldeles för riskabelt, hon vill inte att saken ska kunna ha minsta chans att läcka ut. Naturligtvis tycker Jeannette att det känns tungt att behöva arbeta efter fysikens gamla lagar, när hon vet att hennes teori skulle kunna tillföra fysiken så mycket mer. Teorin om att det endast finns ett universum med tillhörande planeter är gammal och har väldigt stora glapp i kunskapsträdet. T.ex. så kan man ju aldrig komma att lösa gåtan om universums uppkomst utan man får förlita sig på sagan om "the Big bang". Men för att inte avslöja sig så är hon tvungen att arbeta efter de här gamla och välkända teorierna trots att hon vet att frukten av arbetet kommer att vara missvisande.

Gruppen som Jeanette arbetar i har som primärt syfte att konstruera en motor som ska kunna göra långa rymdfärder i det universum som man hitintills känner till. Otaliga försök har gjorts med

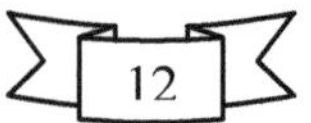

modeller av raketmotorer som bygger på samma princip som en vanlig månraket gör, men inget av försöken har hitintills gett något tillfredställande resultat. Jeanette öppnar ordbehandlingsprogrammet och skriver en kallelse till ett personalmöte. Orsaken är att ett dödläge har uppstått, forskningen går inte längre framåt utan har stagnerat. Jeanette har insett att den personalstyrkan som nu jobbar på projektet inte kommer att komma så hemskt mycket längre, därför vill hon ta in nya mycket framstående forskare. Hon vill dock inte att det ska framstå som om hon redan har bestämt sig, därför så fattar hon sig mycket kort:

- *Härmed kallar jag samtliga medarbetare som direkt jobbar med utvecklingen av förbränningsmotorn till ett möte i morgon kl. 15:00 . Arbetet fortskrider inte i den takt vi önskar. Därför måste Vi försöka vara så konstruktiva som möjligt, jag ber er att medtaga alla anteckningar som ni anser vara relevanta i den här saken.*

Mvh: Jeanette Projektansvarig
Jeanette skickar kallelsen över intranätet till alla medarbetare inom projektet.
- Jag hoppas att alla hinner läsa det här nu, mumlade Jeanette stillsamt för sig själv.
- Maria skulle du kunna komma in till mig ett ögonblick när du har tid, ropar Jeanette ut genom sin dörr.
Jeanette vill ha kvar Maria i gruppen då hon inte är helt främmande för att bryta sina tankebanor och slå sig in på en helt annan stig. Jeanette vill ha medarbetare som skulle kunna ha förståelse för hennes teori när det blir dags att presentera den. Och nu har hon kommit så långt i sina beräkningar att hon egentligen skulle behöva en så duktig matematiker som Maria. Dels för att gå igenom Jeanettes beräkningar och dels för att komma med konstruktiv kritik.
-Vad var det du ville Jeanette? Inga tråkiga nyheter från ledningen hoppas jag, frågade Maria?
-Nejdå, inte alls, jag vill bara höra med dig hur du tycker att arbetet fortskrider?

Droppteorin

Fungerar gruppen optimalt eller finns det element som stör gruppen?
-Det är ju helt uppenbart att det inte fungerar så särskilt bra just nu. Vi har ju kört ohjälpligt fast som du vet. Men jag tror nog att alla jobbar på så gott som möjligt, det är bara idéerna som tryter. Vi skulle behöva några fräscha uppslag att jobba utifrån.
-Då har vi kommit till samma slutsats båda två. Den här gruppen bör bytas ut så snabbt som möjligt, men jag ser helst att du stannar kvar här.
-Vad är det du säger människa? Här har vi jobbat och slitit i månader, och för vad? Minsta motgång och du vill byta ut oss, utbrast Maria upprört.
-Lugna ner dig lite så ska jag förklara hur jag har tänkt. Gruppen har inga nya idéer eller hur?
-Nej.
-Det är inte troligt att gruppen kommer att få några nya idéer inom en snar framtid heller, eller hur.
-Suck, nej det är ju riktigt men du kan ju inte focka oss bara så där.

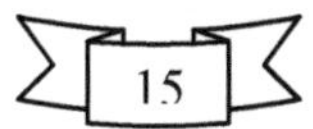

-Nej, jag kommer inte att byta ut hela gruppen. Dig vill jag ha kvar, du har stor potential att kunna tillföra mycket i framtiden också.
-Jag hoppas att du sköter det här diskret Jeanette, jag vill ju inte bli lynchad av de andra.
-Oroa dig inte för det. Jag kommer inte att blanda in ditt namn om jag inte absolut måste. Jag tänkte lägga fram det hela i morgon på personalmötet. Du får tills i morgon på dig att besluta dig för huruvida du vill stanna kvar här eller inte. Men jag skulle som sagt hemskt gärna se att du blev kvar här.
-Då tar jag ledigt resten av dagen för att fundera och fatta mitt beslut om det går bra?
-Javisst, jag ska också pipa hem en sväng. Det finns ju ingen anledning till att sitta här och göra något arbete när vi ändå ska göra så kraftiga förändringar.
-Jeanette kände sig bra till mods, hennes känsla som hon hade tidigare om att det skulle bli en bra dag ser ut att bli rätt än en gång. Hon är mycket lättad att Maria

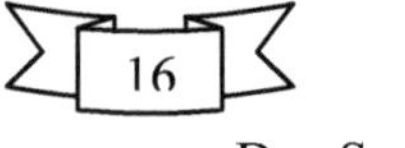

höll med henne, det betyder mycket för Jeanette att hon har henne med sig. Övriga medarbetare tänker hon helt iskallt byta ut mot andra mycket framstående forskare. Hon har redan frågat de forskare hon vill ha med om de är intresserade att ställa upp, och nästan alla hon frågat har blivigt förtjusta och genast svarat ja. Andra är redan uppbundna med andra projekt och är därför upplåsta i ett antal år till framåt.
De som accepterade hennes invit är:
Olga Gasparovic som är en framstående forskare inom kemi och mycket kunnig inom sitt gebit.
Hon är född och bosatt i Ryssland.
Mattie Leangé vars mamma var finska och pappa Fransman, därav det finska förnamnet och franska efternamnet.
Mattie har alltid sett sig själv som fransman då han vuxit upp och gått hela sin utbildning i Frankrike. Hans forskningsområde är fysik med profil på hur universums födelse kan ha tett sig.
Maria Tullingsson är matematiker och fysiker, hon har även studerat en hel del

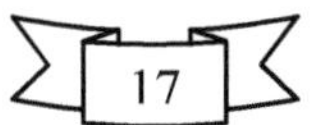

biologi och kemi. Hennes främsta arbetsredskap är sin fickdator som hon alltid har till hands. Hon har en benägenhet att jobba lite för mycket.

-Dator koppla ur mig från intranätet, sa Jeannette med bestämd röst.

-Ska jag även stämpla ut dig för dagen Jeannette?

-Ja.

Jeannette och Maria gjorde sällskap ut ur byggnaden. Maria kunde inte riktigt göra sig kvitt tanken på att hennes arbetskamrater skulle bytas ut.

-Varför kan vi inte bara ta in konsulter tills vi kommit över det här guppet Jeannette? Jag menar det känns lite drastiskt och onödigt att sparka hela styrkan så där tvärt.

-Maria, lyssna nu på mig. De som nu jobbar i projektet är från den gamla skolan. De har enbart intresserat sig för den kunskapen som vi idag anser oss ha vad det gäller mattematik, fysik och kemi. Ingen av de som ingår i projektet har någonsin tänkt tanken på att det kan finnas en värld utanför dessa strikta

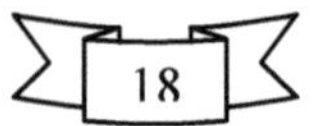

ramar. De har aldrig sökt svar på de svåra filosofiska frågorna som; var vi kommer ifrån eller hur uppstod universum. Vi måste tänka bortom de gamla naturlagarna och regelverken för att kunna komma vidare med vårt projekt. Du har i alla fall en insikt om att gruppen inte fungerar och en stark vilja att komma vidare. Och jag tror att du även kan tänka förbi det gamla synsättet om du bara får en liten hint om vad jag menar. Men jag kan inte avslöja mer i dagsläget därför att jag helt enkelt inte vet mer exakt. Men jag kan lova dig Maria att om du stannar kvar i gruppen så kommer du i sinom tid att få gardinen som är nerdragen för dina ögon bortagen. Du kommer att få se en helt annan sanning än den du ser idag.

Kapitel 2

Personalmötet. Alla satt lite oroligt vid det stora ovala konferensrummet. Ingen förutom Maria och Jeannette visste ju vad mötet skulle handla om. Det brukar aldrig vara bra när mötena blir så här hastigt bestämda.

-Jeannette öppnade mötet och sa med lugn och bestämd röst;

-Om vi kan komma till sans nu så skulle jag vilja börja med att säga att alla hitintills gjort ett utmärkt arbete. Men nu så känns det som om vi kört fast och jag vill höra vad ni har för idéer om hur vi ska komma vidare. Vi börjar med materialsidan.

-Jo, vi har provat allt som finns att prova, inget av de materialkombinationerna som vi vet tycks hålla. Materialutmattningen kommer att bli för kraftig för att rymdskeppet skall kunna hålla för vidare färd i rymden. Vi behöver nya idéer helt enkelt. Men hur vi ska lyckas få till det vet jag inte. Vi kanske skulle vända oss till något av universiteten Men det

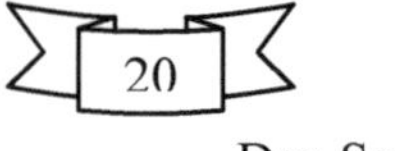

försvårar vårt arbete avsevärt att inte ha någon form av bränsleprototyp att jobba med. Hur som helst så har alla på min kant jobbat som djur för att komma fram till en lösning.

-Det tror jag säkert att ni har gjort. Det här är inte någon utvärdering av er arbetsinsats utan endast en diskussion om hur vi kan komma vidare sa Jeannette med en lite mjukare röst. Jag vet att ni alla och era team jobbat länge och hårt för att ha kunnat testa alla dessa möjliga och omöjliga teorier fortsatte Jeannette samtidigt som hon med en mild blick tittade ut över den nu ganska trumpna församlingen. Vi går vidare till dig Marchus som har jobbat med bränslet, vad tycker du ska till för att arbetet ska kunna gå framåt?

-Jo jag har testat många olika kombinationer av kända bränslen men hitintills har jag kammat noll. Men som sagt jag har inte testat alla kombinationerna än. Det är svårt att hitta ett bränsle som är så effektivt att det kan lyfta ett rymdskepp genom vår atmosfär

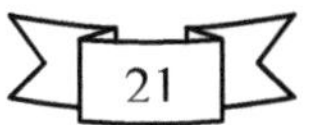

och sedan komma att räcka till en så lång färd som vi planerar för. Vi kan lätt komma runt i vårt eget solsystem men inte längre än så. Vi har nästan slut på tänkbara simuleringar att köra i datorn.
-Vi har också testat alla bränslen som vi hitintills -Ni kommer alltså inte heller längre än hit?
-Nej.
-Vad säger du då Maria, hur tycker du att det går.
-Suck, jag kan bara hålla med föregående talare. Vi kommer inte längre med de här resurserna som vi har till vårt förfogande. Jag föreslår därför att vi tar in någon ny i gruppen som kanske kan komma med några nya fräscha idéer.
-Jag håller helt med er alla om att idéerna har ebbat ut i den här gruppen. Jag ville bara höra era egna uppfattningar innan jag helt fattade beslutet. Som projektledare är det min sak att se till att gruppen fungerar så optimalt som möjligt, och det gör inte den här gruppen längre. Varför, Tja det kan man ta sig en funderare på? Ibland

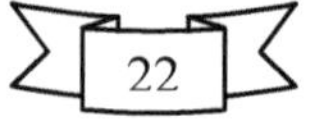

tar det bara stopp och då är det viktigt att man snabbt får igång hjulen igen annars kan hela projektet rinna ut i sanden. Vi har ju finansiärer som vill se tydliga och snabba resultat. Levereras det inget så blir det heller inget utbetalt, det är den bistra sanningen. Därför kommer jag att inviga ytterligare tre mycket framstående forskare i projektet. Jag hoppas att ni kommer att uppträda kamratligt och bistå med vad ni hitintills kommit fram till.
-Får man vara så näsvis och fråga vilka dessa forskare är, muttrade Marchus?
-Naturligtvis får man det, alla namn och deras forskningsområden står i det här häftet. Jag har tryckt upp så vi alla får var sitt häfte. Okej, om ni inte har några fler frågor nu så avslutar vi mötet.
-Alla gick tysta ut från konferensrummet. Ingen sa ett ord i korridoren utan alla gick tillbaka till sina respektive arbetsstationer tysta och med en lite dyster blick. Det hela var ju ett nederlag, de hade inte lyckats med uppgiften och nu skulle det komma in tre

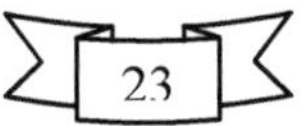

nya individer för att få rätsida på det hela.

Marcus som jobbar med att utveckla bränslet bläddrade i häftet som han fick med sig från mötet.

-Jag undrar jag om inte vi, den gamla styrkan, kommer att bli övertaliga nu när de här nya stjärnorna kommer in i gruppen, sa Marcus lite beskt?

Jeanette tänkte inte genast byta ut hela gruppen, det skulle vara alldeles för genomskinligt, istället planerade hon att de nya gruppdeltagarna skulle få en chans att komma åt allt material som gruppen kommit fram till.

-Hon drog på sig ytter kappan och gick med bestämda steg mot utgången. Det regnade ute eller rättare sagt spöregnade. Jeanette rotade lite i handväskan och fick fram ett paraply.

-Jeanette, ska du öster ut frågade Maria småspringande med andan i halsen?

-Javisst, jag ska hem. Varför frågar du?

-Jo bilen krånglade i morse så jag fick ta en taxi, skulle jag kunna få lift av dig?

-Självklart Maria. Maria kröp in under Jeannettes paraply och de småsprang tillsammans över parkeringen bort mot bilen.

-Nu när du kommer att stanna kvar i gruppen så tänker jag yrka för att du får en löneförhöjning. Då kan du sälja plåtburken du åker i och köpa en riktig bil. Maria skrattade och sa; - tyvärr får jag mer i lön så tänker jag lägga det på en skrytsamt rolig semester.

-Ja det är ju olika här i världen sa Jeanette och log.

-Ja man saknar liksom den mänskliga kontakten när man sitter på kontoret hela dagarna, och ibland nätterna. Jag känner att jag saknar någon att hålla om, att krama när det blir för svårt att ha kuddkrig med när man ska sova. Du skulle öster ut nu va? Ska jag svänga av leden här eller ska vi ut på stora vägen?

-Kör stora vägen österut så säger jag till.

-Okej, men glöm inte att säga till. Det är så dags annars när vi står på min garage uppfart. Maria fnissade till. Det var faktiskt inget ovanligt annars att

Jeannette erbjudit sig att skjutsa hem arbetskamrater och sedan glömt av att hon hade dem i bilen.

-Hur verkar de nya forskarnas inställning vara? Jag menar de är väl medvetna om att de klampar in på ett ganska känsligt revir? Ingen är ju direkt sugen på att behöva lämna sitt arbete pga. otillräcklighet, frågade Maria.

-Nej, jag förstår vad du menar. Jag ska göra mitt bästa för att få dem att förstå det innan de släpps ut på golvet tillsammans med den gamla truppen. Den enda som jag kan tänka mig få problem med det är Olga. Hon är van vid att jobba ensam, eller i alla fall i ledande position. Det kan nog lätt bli så att hon tar över ruljansen om ingen sätter stopp. Men hon är en mycket duktig kemist och kan tillföra det här projektet väldigt mycket.

-Sväng höger här. Då kommer hon att arbeta ihop med Marhus då?

-Japp, det kommer säkert att bli slitningar mellan dem då det redan är slitningar mellan oss och honom. Men

jag ska göra vad jag kan för att bana vägen för dem. De kommer att få vitt skilda arbetsstationer. Marchus kommer att få arbeta kvar i ”gruvan” och Olga kommer att få jobba rent teoretiskt med kemin.

-Då är det nog klokt att vi förvarnar gruppen om att det finns risk för spänningar, eller vad tror du Jeanette?

-Absolut, du ser vi jobbar redan som ett team. Du behövs Maria mer än du själv ser.

-Det här huset är det. Tack för skjutsen, vi ses i morgon.

-Maria, du har gjort ett gott val. Både för dig själv och för gruppen, glöm inte det.

-Nej då, hej.

-Hej. Maria slog igen bildörren och gick upp för grusgången till sitt hyreshus. Hon tycker inte om att hålla på med planteringar och trädgårdsskötsel. Nej hon ser helst att andra sköter den biten så därför passar det bra med en lägenhet. Ljusknappen är som vanligt trasig, hon mumlar lite och traskar upp en våning. Hon bor i lägenhet 1E så det är en liten

bit att gå i korridoren som är becksvart. Hon känner sig ganska lugn men ändå lite på spänn, man vet ju aldrig. Det har rapporterats om flera incidenter tidigare i hennes bostadsområde. Flera har blivigt brutalt våldtagna och några rånade. Hon sätter nyckeln i låset och vrider om. Låset är välsmörjt och öppnas direkt, hon pustar ut när hon kliver in i lägenheten. Hon för handen över en liten lins i väggen och ut kommer hennes hallgarderob. Hon hänger av sig kappan och ställer prydligt upp sina skor på skohyllan. Hon för handen över linsen igen och garderoben skjuts in i väggen. Hon bor relativt generöst hela 26m^2 därför att en hel del är automatiserat. Hon betalar nämligen bara för den faktiska ytan som hon använder. Alltså inte för den ytan som går åt till att förvara sakerna som skjuts in i väggen. Ett mycket fördelaktigt kontrakt som hyresgästföreningen har förhandlat fram åt henne. Hon trycker på en annan knapp i nästa rum som är så när helt kalt bortsett från hennes väggprydnader och

taklampa. Fram ur golvet kommer ett köksbord och en diskbänk med alla moderniteter så som diskmaskin som inte använder sig av vatten utan ljudvågor för att diska. Faktiskt är det väldigt mycket av de gamla vattensystemen som ersatts av mikrovågor, ultraviolettljus eller en kombination av dem som det är i dusharna. Hon sätter på en kopp kaffe och gäspar lite förstrött.

-Jag hoppas verkligen att det hela löser sig på labbet i morgon, mumlar hon tyst för sig själv.

-Asch det får bli hur det vill, jag orkar inte bry mig just nu sa hon lite högre. Det är definitivt dags för en filmkväll utan hemarbete.

Droppteorin

Kapitel 3

Rädslan

Maria var först på jobbet. Hon ville vara först så hon kunde hälsa på var och en av sina arbetskamrater. Hon ville inte vara den som kom in i ett sorl av människor där ingen hälsade eller pratade med henne. Var hon först på plan så kunde hon direkt börja prata med den förste som steg in. På det sättet kände hon sig inte obekväm eller nervös.
Det är märkligt tänkte Maria, vi planerar att åka miljontals ljusår bort men kan inte förstå våra enklaste känslor. Att vara rädd, ledsen eller arg är känslor som man i dagens samhälle gör bäst i att trycka undan. Men samtidigt så rasar hela vårt inre av dessa känslor. Man brukar uttrycka det så att dessa känslor är en kvarleva från urtiden då människan inte var så civiliserad som den är nu. Att känna dessa ibland desperata känslor är något som man gärna ser som något sjukligt och fel, när det i själva verket är de mest naturliga och basala känslor vi har.

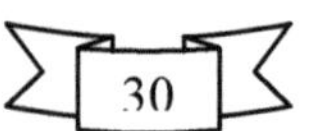

Droppteorin

-Halloj, ropade en röst från entrén.
Maria ropade reflexmässigt;- Hejsan. Hon fyllde snabbt i med –Jag sitter i fikarummet.
Marcus tittade in från dörröppningen.
- Jaså det är du som är kaffenisse idag, sa Marcus vänligt.
- Japp, jag tyckte det var min tur att sköta markservicen idag.
- Mmm, luktar gott gör det i alla fall. Marcus hällde upp sig en kopp kaffe och satte sig mitt emot Maria.
- Vad tycker du om den här idén att släppa in en massa nytt folk på vårt projekt Maria?
- Tja, sanningen att säga så tror jag att det är en ganska sund tanke i och med det läge vi befinner oss i.
- Vilket läge? Varför pratar alla om detta läge hela tiden? Vi har ju för tusan befunnit oss i denna situation i veckor nu, men ingen har någonsin nämnt något om att det är en ”situation” eller ett ”läge”. Är det cheferna som varit och flåsat någon i nacken eller vad?

Droppteorin

Maria reste sig upp men inte för att gå utan för att hämta en påtår samtidigt som hon tycker att det ger lite extra tryck i sitt påpekande om hon stod upp.
- Jag kan bara konstatera att faktum kvarstår, vi har inte kommit ett skvatt närmare resan sedan flera veckor tillbaka. Men då menar jag inte att just din avdelning är ett speciellt fall utan att hela projektet verkar ha avstannat.
- Men Maria, menar du verkligen att du inte är orolig över hur det ska bli? Jag menar, vi är ju inte oersättliga; frågade Marcus bekymrat.
- Jag bryr mig nog mer om projektet än jag bryr mig om mina egna och andras banala tankar om huruvida vi duger eller inte. Det viktiga är ju att vi kommer iväg på denna fantastiska resa eller hur, vem som gör grovjobbet och konstruerar maskinen som ska ta oss dit är för mig ointressant.
- Jo, du kanske har rätt. Men jag kan inte hjälpa att jag känner mig ganska värdelös just nu. Vi har provat allt, och då menar jag verkligen det. Varenda

ekvation, varenda möjlig och omöjlig term har gåtts igenom mycket noggrant. Men ingen lösning känns inom räckhåll.
- Just det, därför vore det väl bättre att få in nya friska tankar och idéer som dessa nya medarbetare kan föra med sig?
- Jo du, bara man inte tycker att dessa nya medarbetare är så bra att man vill göra sig av med den gamla staben. Nämligen vi.
- Det är i alla fall sant att jag skulle sakna att vara kniväggens skärpa när det gäller forskningsutveckling. Jag skulle sakna hela teamet, men mest av allt skulle jag sakna dig min lilla dumsnut. Men jag tror inte att det är någon överhängande risk att vi alla byts ut, fick Maria ljuga ihop. Hon ville inte gå ut med det faktum att hela gänget troligen skulle få gå inom ett halvår, det var faktiskt Jeannettes jobb att ta de otrevligheterna.
- Jaså här sitter ni och spånar, hördes en bestämd röst från kapprummet. Det var Jeannette som kommit.

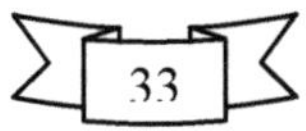

- Jajamensan, svarade Marcus. Vår nye "kaffenisse" och jag har haft en mycket fruktbar diskussion så här på morgontimmarna.
- Jaså, svarade Jeannette.
- Jo vi diskuterade lite om framtiden tillade Maria. Marcus här är lite orolig över om han kommer att platsa i det framtida…
- Ja hrm, vi snackade bara lite löst över några personalfrågor. Man är ju lite orolig då man sitter med hus och barn. Lånen ska ju betalas och flickan ska gå på universitetet sådant kostar.
Att studera har vid den här tidpunkten hade blivigt en klassfråga. Det kostar stora pengar per termin att läsa vid universitet. Visst man kan ha tur och få stipendier, men det är bara ett fåtal studenter som får den möjligheten. Men politikerna ser inte det hela som ett stort bekymmer utan tycker det är rätt och riktigt att de som önskar studera vid högre läroverk också får betala vad det kostar. Det är ju ett val man gör, man måste inte studera. Sedan att det är en

omöjlighet att få något arbete utan högre utbildning är en helt annan femma. Valfrihet in i döden är det stående politiska budskapet. Har du inga medel så står du dig slätt i dagens samhälle. Socialbidrag och a-kassa är endast ett minne blott. Det hör till forntiden och är inget som någon politiker önskar återinföra. Detta pga. att de rika och välbeställda blivit ännu rikare och fått ännu mer inflytande och makt. Det finns endast två politiska ideologier och ingen av dem anser att man ska ta hand om varandra av välvilja och ovillkorlig omsorg. Nej det är tjockleken på plånboken som är det avgörande.

- Jag kan varken lova bu eller bä i dagsläget sade Jeannette. Mina chefer håller på att utvärdera situationen sedan vårt personalmöte. Vi var ju alla överens om att det behövdes nya friska tankar för att få fart på projektet igen, eller hur?

- Jo visst men…

- Du vill gärna ha ett löfte? Tyvärr kan jag inte ge dig något just nu. Du känner ju dig själv bäst, har du några uppslag om hur arbetet ska kunna fortskrida. Är du villig att ta emot hjälpen jag erbjuder i form av nya medarbetare som inte gjort annat än grubblat och analyserat olika problem i årtionden?

- Ja visst, naturligtvis.

- Ja då har vi väl löst den här personalpolitiska frågan eller hur, sa Jeannette?

- Visst, svarade Marcus något lättad.

- Jeanette hällde upp en kopp kaffe och gick iväg till sitt arbetsrum.

Marcus kände sig övertygad om att hans tjänst skulle bli kvar även efter det att den nya staben börjat. Men Jeannette hade ju faktiskt inte lovat något så där rakt ut, ändå tyckte han att hon inte skulle ha formulerat sig så om hon inte menade att han faktiskt skulle få vara kvar. Men det kändes ändå en smula osäkert. Han trivdes ganska bra på jobbet och ville gärna stanna kvar, kanske för att han ville vara en av de som knäckt gåtan och lyckats få ihop ett fungerande skepp.

- Va, ända in i… menade du med att berätta för Jeanette vad vi pratade om, jag sa det ju för helv… i förtroende. Hade jag velat blanda in Jeanette så hade jag frågat henne direkt. Vems sida är du på egentligen va! Orden bara välde ur Marcus mun, han kände sig förrådd av den arbetskamraten som han ansåg vara en av hans närmaste vän på jobbet.
- Ta det lite lugnt Marcus. Det är klart att jag är på teamets sida, smöra för chefen har aldrig legat för mig. Jag tyckte bara att det var synd att du skulle gå och grubbla på de här sakerna resten av dagen. Speciellt som Jeanette kom så lägligt. Jag känner dig och vet att det skulle ha legat och gnagt i evighet om vi inte rett ut det med Jeannette.
- Ah, åt helv… med det. Jag är bara så frustrerad över det här hemlighetsmakeriet om vem som ska få bli kvar och vem som ska få sluta. För det fattar jag ju att det inte finns finnanser till att både ta in nytt folk samtidigt som man har kvar den gamla truppen. Marcus kände sig både

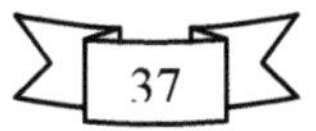

uppgiven och frustrerad, varför kunde han inte få något klart besked.
- Vi glömmer det här nu, vi kan ändå inte göra något åt saken, sa Maria vänligt.
- Ja du har nog rätt, kaffenisse sa Marcus och fick fram ett litet leende.
- Där kommer det där härliga leendet som jag ville se innan vi börjar slava igen dumsnut, sa Maria.
Kom igen nu så går vi ner i saltgruvan Marcus.
Marcus gick bort till hissen och tryckte på knappen. Det slamrade betänkligt från hisschaktet och hissdörrarna öppnades.
-En vacker dag stannar den här skraltiga hissen, tänkte Marcus stillsamt för sig själv.
Hissen var lite annorlunda konstruerad då den inte gick rakt ner i ett hisschakt utan diagonalt för att komma till Marcus våningsplan. Eftersom han jobbade med experimentella bränslen som ju är ganska explosiva så låg hans laboratorium lite utanför den övriga byggnaden Man ville begränsa en

eventuell explosion så att inte hela kåken flyger i luften.
Dörrarna gick upp och han raskade sig iväg till datorn. Han ville se sina beräkningar en gång till på det nytestade bränslet som bestod av en kombination av tre ämnen uran32, väte, tungt vatten och helium. Det hela var i teorin tänkt att fungera som en kombinerad atom-vätebomb med fördröjd verkan genom det tunga vattnet. Vattnet har en högre densitet än vanligt vatten men är ändå så pass genomträngligt att det möjligjör en explosion.
- Suck, smällen kommer för fort sa han tyst för sig själv. Men om jag ändå skulle testa att köra en screenanalys i datorn.
Han matade in värdena för det tre ämnena i datorns screeningprogram och körde igång processen.
Screeningprogrammet var hans egen uppfinning. Programmet testar alla möjliga faktorer för de ämnen som matas in i datorn dvs. massa, materia, hårdhet, explosivitet och mängd. Datorn ändrar alltså lite av värdet i t.ex. vikten varje

gång den screenar och gör en datorsimulerad test för att se vilken reaktion som sammansättningen får. Programmet har sparat honom åtskilliga timmars arbete då han innan fick lägga in ett nytt värde manuellt varje gång en simulering skulle göras. Skulle han manuellt göra samma antal simuleringar som datorn nu gör automatiskt skulle arbetet ta flera dagar längre tid, nu blir det gjort på mindre än tre timmar samtidigt som han själv kan arbeta vidare efter nya beräkningar.

Maria satte sig och började riva i sin pappershög på utförda bräkningar. Hon gillar att skriva på papper när hon räknar, det känns liksom mer naturligt än att använda datorn. Vi har använt penna och papper sedan medeltiden och det finns inga batterier som kan ta slut, brukar hon skojsamt säga. Naturligtvis så scannade hennes sekreterare in alla dokumenten och la dem i Marias handdator. På det sättet hade hon alla beräkningar till hands närhelst hon behövde dem. Det kunde hända, inte allt

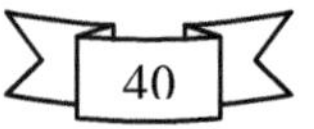

för sällan, att hon inte kunde sova och då var det gott att sitta och klura lite på diverse matteproblem.
Maria slog på sin skrivbordsdator vilken var kopplad till det centrala nätverket som täckte hela byggnaden, intranätet. Hon loggade in och började kontrollera sina kollegers beräkningar för att se om hon möjligtvis skulle kunna tillföra dem något.
- Vad är det här? Har Jeannette gjort uträkningar till projektet? Hon brukade aldrig blanda sig i personalens arbete så det hela var mycket underligt. Men när Maria öppnade det första dokumentet var det något som inte stämde. Alla beräkningar var gjorda utifrån helt nya ekvatoriska beräkningar, alltså HELT NYA aldrig gjorda förut.
Maria bläddrade lite bland siffrorna och upptäckte till sin förvåning att Jeanette hade gjort sina beräkningar utifrån helt nya fysiska lagar. Maria trodde inte först att det hela var seriöst menat utan smålog lite när hon bläddrade igenom materialet. Men allt som hon läste och

följde beräkningarna så förstod hon att det nog var mer alvarligt tänkt än det först verkade.
- Herregud, det här är ju så absurt att det kan kosta Jeannette jobbet, tänkte Maria. Men om nu hon kunnat öppna dokumenten så här enkelt utan lösen eller id-check så innebär det ju att hela byggnaden kan öppna filerna och läsa dess innehåll.
Maria flög ur sin arbetsstol och rusade bort till Jeannettes rum. Hon slet upp dörren utan att tänka.
- Jeannette, vad är de…
Hon sprang rakt på en av de lägre cheferna som satt och pratade med Jeanette.
- Oj, ursäkta sa hon genast och avstannade.
Sedan tog hon ny sats, hennes ärende var ju viktigt, troligtvis betydligt viktigare än det möte Jeannette tydligen satt i.
- Jag är ledsen Jeannette men jag måste få prata med dig.
- Men ser du inte att jag är upptagen? Förresten vad menar du med att storma

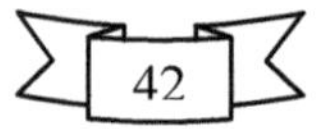

in här på MITT kontor, jag är faktiskt chef här och…

- Jag måste prata med dig NU. Det har hänt något fantastiskt men samtidigt mycket alvarligt.

Jeannette ursäktade sig inför cheferna och följde med Maria ut i korridoren.

- Nå, vad är det som är så himla viktigt och brådskande att…

- Maria avbröt henne och fick trevande fram ”jag vet”.

- Vet vad då, frågade Jeannette?

- Jag och förmodligen hela kåken vet vilka uträkningar du jobbat på.

- Jeannette kände att pulsen steg. Vilka uträkningar?

Maria berättade vad hon sett och avslutade med ”Du kan inte ha det så där öppet på nätet, skulle fel person få syn på det här så kan det kosta dig jobbet”.

- Jeannette rusade tillbaka in till sitt arbetsrum. ”Det har uppstått något brådskande, ni får ursäkta”.

- Naturligtvis.

Jeannette kontrollerade samtidigt som hon laddade över filerna till sin

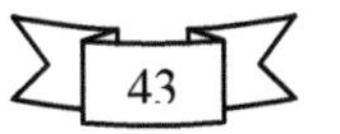

handdator att ingen annan obehörig hade öppnat dokumenten, det var det inte. När allt var klart vände hon sig helt oberörd tillbaka till småcheferna och fortsatte mötet.

Maria gick fundersamt tillbaka till sitt arbetsrum. Vad var det egentligen hon hade sett? Kunde det verkligen stämma att våra nuvarande fysiska lagar var felaktiga?

Efter en stund kom Jeannette in till Maria, hon stängde dörren noga efter sig.

- Det du såg i mina mappar var inte menat att någon skulle se, i alla fall inte än började Jeannette.

- Nej, så mycket fattade jag också. Men var har du fått alla data ifrån, vem har verifierat dina kalkyler?

- Jag har hämtat in alla data själv genom observationer och flitigt användande av datorns simulator. Men ingen har hitintills sett och därför inte kunnat verifiera mina uträkningar. Det du sett får inte gå vidare, sa Jeannette med en bestämd röst.

Droppteorin

- Nej det är helt omöjligt att föra det här vidare, åtminstone innan jag har fått verifiera dina kalkyler.
- Jag hade tänkt presentera teorin för dig lite längre fram när vi fått in de nya forskarna. Men nu när du har sett början kan du ju lika gärna få se hela teorin. Jag laddar över den till din privata handdator.
- Titta inte på det här nu på jobbet. Jag har jobbat på det här privat på min egen lediga tid, en slags hobby sa Jeannette och log, och så måste det förbli ett tag till.
- Jag fattar, var inte orolig. Hemligheten är i säkert förvar nu. Fast jag måste få säga att det pirrar lite i magen, ungefär som när man var liten och väntade på jultomten.
- Du måste dock komma ihåg att det endast är en hitintills ej vetenskapligt bevisad teori. Bara mina egna påståenden. Var kritisk och sträng mot innehållet. Jag vill veta hur mycket av det som jag fått fram stämmer eller

Droppteorin

rättare sagt ser mer sanna ut än dagens traditionella fysiska lagar

Droppteorin

4: e kapitlet

Analysen

Marcus satt förväntansfullt framför datorn, kanske den nya screeningen kunde ge något resultat. Han ville gärna komma något lite närmare lösningen på bränsleproblemet INNAN de nya forskarna kom in i bilden. Han ville ju kunna presentera det hela som sin egen upptäckt. På det sättet skulle hans plats i teamet kanske vara något säkrare.

- Fan vilken tid det tar, mumlade han.

- Nej men är det inte den store forskaren som sitter här och knåpar, hördes en lättjefull röst från reningsrummet. Det var Maria som kommit ner för att se hur det gick för Marcus.

- Nej men, har du hittat ner till katakomberna, svarade Marcus.

- Jo man vill ju se så du inte jobbar ihjäl dig. Har du ätit något överhuvudtaget idag, klockan är ju fem snart.

- Äh, vem hinner käka nu när jag är mitt uppe i svåra beräkningar. Jag kör ett nytt test på det nukleida bränslet. Men det tycks aldrig bli färdigt. Var det något speciellt du ville, annars är jag rätt upptagen.

- Nja, jag undrar…Du har…

- Äh fram med det nu då, vad ville du.

- Jo, du har rätt mycket tid och emotionell stress med familjen investerat i det här projektet va.

- Om du bara viste hur många timmar som jag har lagt ner på att hitta ett bränsle som skulle kunna funka. Men det tycks ganska fruktlöst. Varför frågar du det? Du om någon måste väl veta att jag har lagt ner hela min själ i det här. Vet du något om hur det kommer att se ut efter det att patrullen av forskare har infunnit sig?

- Nja, inte direkt, krystade Maria fram.

- Fan, du vet något. Hon kommer att göra sig av med oss eller hur. Svara då.

- Jag vet inte så mycket mer än du Marcus. Men om jag vore som du så skulle jag inte vara så hemskt godvillig med att dela med mig av forskningsresultatet till de nya gubbarna. Om du förstår vad jag menar.

- Ja, du menar att hon skulle få lite svårare med att slänga ut mig då. Om jag inte delar med mig av forskningsresultaten så kan de inte värdera min arbetsinsats så snabbt. Alltså borde jag bli kvar i projektet ett tag till. Slugt Maria.
- Men du har inte hört något från mig dumsnut, ok. Och snälla håll detta för dig själv, vi vill inte ha en massa snack i korridorerna.
- Jag fattar. Men hur ser det ut för din del då?
- Tydligen så kommer Jeanette att behöva mina kunskaper ett tag till, så det verkar som om jag blir kvar. Har du lust att hänga med ut och greppa någon mat i luften? Kebab baren runt hörnet tror jag har öppet.
- Jag tror inte det men det var sött av dig att fråga.
- Äh, jag vet hur det är att vara begravd i sin forskning, men vet du vad jag kommit på?
- Nej vad då?

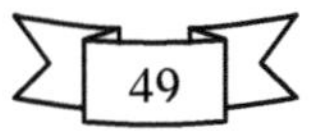

- Jo man jobbar bättre på full mage än tom mage. Ditt blodsocker går ner och din hjärnkapacitet sänks snabbt, man börjar göra misstag. Är det säkert att du inte ska med ner och krubba.
- Ah, jobbet kan vänta en stund. Jag hänger med om det bara var till kebab baren du hade tänkt dig.
- Va, kul att du ändrade dig, om du gör färdigt här så ska jag bara springa upp på kontoret och hämta min väska och några uträkningar som jag jobbar med. Har en hel del verifieringar att gå igenom.
- Backjobb menar du?
- Jo, har väl inte varit helt full i magen jag heller.
Vi träffas vid huvud entrén om en halvtimme då, frågade Maria?
- Ok, då plockar jag i ordning här så länge. Gud vad snäll Maria är, hon är en sådan toppentjej. Smart, snäll och arbetsam precis en tjej i min smak...Men jag har ju fru och barn där hemma så att vänslas på något annat sätt än rent yrkesmässigt och på kompisnivå är inte aktuellt hur mycket som hormonerna än

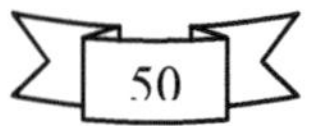

vill. Nej nu har jag gjort klart allt här, mot huvudentrén.

- Marchus hastade sig mot huvudentrén när han sprang in i Jeannette.

- Hoppsan kerstin det var värst vad du hade brottom, hojtade Jeannette.

- Jag och Maria ska iväg och ta en kebab. Och nej det finns inte rum för en till.

- Du och Maria är ganska tajta va?

- Tja vi kommer väldigt bra överens, vi ligger liksom på samma våglängd. Vi har en tankestruktur som är likadan och så är hon så snäll och omtänksam.

Nej nu måste jag hasta mig så jag inte missar kebaben.

-Jaså där är du ju min lilla dumsnut.

-Ja Jeannette uppehöll mig lite, men det var inte något alvarligt.

Fick du med dig dina papper och fickdator?

-Jodå allt är med och suget efter kraftigt käk har infunnit sig. Det behövs massor av vitaminer, proteiner och kolhydrater därför passar en rejäl kebab talrik perfekt.

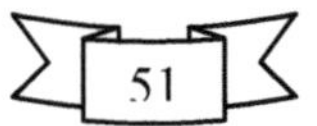

Droppteorin

När de båda arbetsnarkomanerna satt sig vid ett halvflottigt bord och beställt in varsin XL kebab talrik så såg Marchus hur Maria glimmade i håret, han såg hur vacker hon var, hur så väldigt gärna skulle vilja säga det till henne. Men allt sådant var förbjudet, han var gift hade barn, han hade ett ansvar.

De båda åt med rejäl aptit samtidigt som Marchus hade några uträkningar att göra och likaså hade Maria några ekvationer att gå igenom.

-Va skönt det är att helt avspänt få sitta och göra sina beräkningar utan att den andre blir sur.

-Precis vad jag tänkte. Att tyst inta en god måltid med sällskap och en schyst bunt med uträkningar att sätta tänderna i. Hur var din kebab frågade Maria?

-Jodå den var nästan lika flottig som bordet, man skulle kunna bre två smörgåsar med det.

När de båda hade ätit klart och torkat sig om munnen med en nästan ren servett var det dags att skiljas åt.

-Vi ses väl imorgon igen Maria.

- Alldeles jättesäkert, dumsnut. Måste kolla de här beräkningarna jag gjort innan jag går till sängs, sedan är det kudden som gäller Men tack för att du frågade.
- Hej då.
- Hej då Maria.
Marcus vände sig om och traskade tillbaka till labbet. Väl framme så tittade han på den senaste screeninganalysen. Yes, det är klart. Få se nu...Hm, ser lite skumt ut på ekvation nr. 68. Marcus bläddrade fram ekvationen.
- Hoppsan, det här var lite oväntat. Smällen kommer väldigt långsamt här. Kan det vara det här vi letat efter.
Han laddade över filen till handdatorn och gick iväg till labbet.
- Om jag skulle göra ett experiment för att kontrollera. Han mätte upp de olika beståndsdelarna mycket noggrant och placerade ämnet i en tryckbehållare och antände explosionen. Han hade väntat sig en ganska snabb antändning men konstigt nog så blev det en jämn och

långvarig explosion. Faktiskt så långvarig som två timmar.
- Otroligt, av 0,5 mg ämne varade explosionen i två timmar. Han slet med sig sin handdator och rusade bort mot hissen.
- Nu kommer Jeanette att få slaget, skrockade han när han väntade in hissen. Han anropade henne inne i hissen för att se så hon var inne, det var hon.
- Stoppa pressarna, vrålade han i mikrofonen.
- Vad är det nu då? Frågade en ganska trött Jeanette.
- Du kommer aldrig att tro dina öron sa han upphetsat.
- Vad då? Har du hittat något, frågade hon lite beskt.
- Jajamensan, men vi tar det på ditt kontor. Jag är framme…Nu.
Han stegade snabbt in till Jeanettes rum.
- Vad har du nu hittat som är så spännande frågade Jeannette lite trött.
- Jo, se här. Det här ämnet har jag kört i en screenanalys och på 68:e ekvationen så hittade jag de här oegentligheterna,

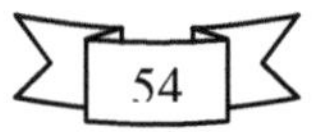

och när jag kollade upp det genom ett live experiment så fick jag fram det här.
- Jaha, sa Jeanette lite trött. Tänker du förklara för mig eller är det en rebus?
- Ser du inte? Av 0.5 mg ämne har jag fått en antändning som varat i två timmar. Inser du inte vad det innebär? Om vi laddar en kärra med 50 ton av ämnet så får vi en oerhörd brinntid.
- Jeanette slog upp ögonen. Visst du har rätt…vi skulle klara av att resa runt hela galaxen och lite till.
- Inte bara lite till utan ganska mycket till. Lyckas vi kontrollera brinntiden så skulle vi få en jämn axeleration på minst 1G. Det betyder att vi med samma ämne skulle öka hastigheten konstant med 1G. Vi skulle komma upp i hastigheter som jag inte vågar räkna ut.
- Marcus, inser du vad du har gjort. Sa Jeanette med en barsk ton.
- Njae, vad menar du sa han lite tveksamt.
- DU HAR LÖST DET. Jag visste att jag kunde lita på dig. Visst det var lite tveksamt för ett ögonblick, men du

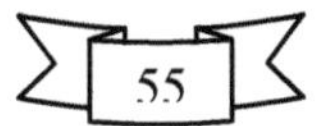

gjorde det. Ladda över alla beräkningar till stordatorn så att material teamet får något att bita i.
- Hrm, jag skulle gärna göra det nu på stubben men…Jo jag vill ha garantier för att du inte byter ut mig nu när de nya forskarna kommer.
- Garantier? Jag tyckte vi diskuterade den här frågan i morse. Litar du inte på mig?
- Inte mer än jag måste. Om det inte är några konstigheter så är det väl inte så svårt att ge det?
- Det är ju inte jag som bestämmer det utan mina chefer. Det vet du.
- Ta telefonen och ring då, jag väntar här. Marcus satte sig tillbaka och tog ett äpple ur fruktkorgen som stod på bordet.
- Jeannette tog telefonen och ringde sin närmaste chef.
- Jag sökte Richard chef för rymdprojektet.
- Det är samtal före, vill ni vänta?
- Ja.
- De satte mig i telefonkö, viskade Jeannette.

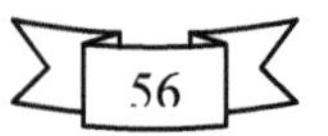

- Jag kan vänta sa Marcus lättvindigt.
- Jo, Marcus har fått fram revolutionerande fakta vad det gäller bränslet. Nu vill han ha garantier för att få stanna i gruppen.
- Vad tycker du, ska han få stanna?; frågade Richard.
- Ja jag tycker nog att det är det vettigaste.
- Ok, han får stanna så länge det är nödvändigt för att färdigställa bränslet. Min sekreterare faxar över kontraktet nu, jag förväntar mig att han har skrivigt under och returnerat kontraktet innan kvällen är slut ”Klick”.
- Goda nyheter, kontraktet faxas över till kontoret om några minuter. Jeanette gick ut till sekreteraren och hämtade kontraktet. Hon fattade pennan och skrev under dokumentet, du måste också skriva under för giltighetens skull. Marchus fattade pennan och skrev under med glad min.
- Och nedladdningen?
- Gör jag nu. Slappna av Jeanette, det här är något bra vi har gjort.

Droppteorin

- Jag hoppas det, jag har verkligen stuckigt ut hakan för din skull.
- Ahh, nej nu är det dags att knata hem. Jag är förbi av trötthet.
- Ja, du är nog en av de få här som har gjort sig förtjänt av lite sömn.

Droppteorin

Kapitel 5

Mötet

Maria kom som vanligt tidigt till jobbet. Hon satte på kaffet och satte sig ner och funderade över gårdagen. Hade Jeanette verkligen rätt i sina beräkningar om relativitetsteorin och hade hon rätt i att det finns fler universum därute? I så fall skulle Albert Einstein ha haft fel i sina beräkningar. Eller är det möjligen så att Jeanette fyllt i de glapp som Albert utelämnat då han inte hade de matematiska kunskaperna som vi idag har? Den här nya teorin skulle visserligen föra oss fram ett bra steg. Men tänk om hon har fel eller andra forskare blir så avundssjuka att de misskrediterar beräkningarna. Då har jag sträckt ut hakan så långt att jag inte kommer att kunna återvända till forskningen, man kommer att förlöjliga mig inför hela forskareliten. Även om Jeanette alltså har rätt så finns det en överhängande risk att det hela går åt pipan.

Droppteorin

Maria smuttade lite på kaffet och tankarna snurrade runt i huvudet. Men tänk om Jeanette har rätt och forskareliten godkänner de ekvatoriska beräkningarna. Hon och hennes medarbetare dvs. jag skulle bli höjda till skyarna, vi skulle hamna i historieböckerna som vår tids Albert Einstein. Dessutom så är jag hemskt nyfiken på det hela, om jag upptäcker att det inte ser korrekt ut kan jag ju alltid hoppa av.

- God morgon hördes en vänlig och mjuk mansröst säga utifrån kapprummet.
- Hejsan, svarade Maria och tittade upp. Där stod en långväxt figur med gråspräckligt hår. Hans panna hade många veck som vittnade om många års djupa funderingar.
- Jag heter Jan Larsson och jobbar på den humanistiska sidan av projektet.
- Jaha, svarade Maria något förvånad. Finns det en humanistisk sida också frågade hon något trevande.
- Javisst, det är en oerhörd chans att få studera människor under sådana

omständigheter som den här resan skulle komma att innebära. Får man ta en kopp?

- Ja jovisst, det är bara att ta för sig. Jag måste bara få fråga, vilket är ditt exakta arbetsområde?

- Psykologi och parapsykologi. Jag vill ta reda på vad som händer i hjärnan när vi blir utsatta för en sådan kraftig stress och frustration som en sådan här resa innebär. Besättningen vet ju inte när och om vi kommer fram, vad som kommer att vänta oss vid målet osv. Sedan vet vi ju redan ganska mycket som jag tänkte bistå gruppen med. Det har ju sitt värde i att göra resan så bekväm som möjligt redan från början. Han hade ett lugn i rösten som var mycket tilltalande samtidigt som han tittade på Maria med sina snälla ögon. Han var verkligen den perfekta psykologen han hade redan etablerat en kontakt och ett förtroende hos Maria.

- Ja, förutsatt att det nu blir någon resa, sa Maria med en suck.

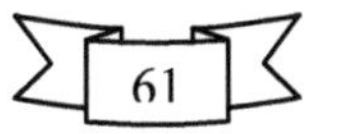

- Det är klart att det blir det, sa Jan. Om det inte blir nu så kommer det garanterat att bli av i framtiden och då kommer vårt arbete som vi hitintills gjort att vara värdefullt. Människan har en medfödd nyfikenhet, och tro mig en resa av den här magnituden kommer mänskligheten inte att kunna hålla sig borta ifrån.
- Nej, du har nog rätt. Det är jag som är lite otålig.
- Tåligheten kommer med åldern. Du är ung och har en stark vilja att forcera ditt arbete snabbt så själva resan blir av, inte sant. Jag för min del har redan börjat min resa. Arbetet som ni tekniker utför just nu är en mycket stor och kritisk del av resan. Det är nu vi är hos skomakaren för att välja rätt skor så vi inte får skavsår i förtid. Du vet väl att ett litet sår på hälen kan förstöra en hel resa. Om vi tar oss tid och möda att hitta ett par skor som passar så bra som möjligt istället för att ta de första bästa så kommer resan att hålla längre och vi kommer att få uppleva mer av det fantastiska som väntar oss, vad det nu än är.

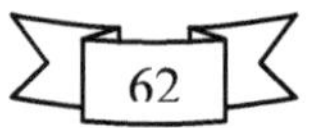

- Maria tänkte en lång stund samtidigt som hon smuttade på kaffet. Du var då en riktig filosof, men det krävs beslutsamhet och en fast hand för att kunna köpa just de skorna som passar eller hur? Det krävs mattematisk precision och en fysikers uppfinningsrikedom för att kunna konstruera dessa skor, är det inte så?
- Naturligtvis, men som tur är så är ni ju ett helt koppel av glada forskare med ett klart mål i sikte.
- Du har naturligtvis rätt i det du säger. Och självklart så behövs det någon som tänker på människorna ombord. Jag hade bara inte tänkt så långt själv, en matematikers arbetsskada är att tänka allt i siffror andra ting är bara distra-herande.
- Vem var det du skulle träffa?
- Jeanette Isaksson. Hon skulle visst vara projektansvarig här.
- Det stämmer. Hon brukar komma lite senare men tar alltid den här vägen för att säga god morgon till oss vanliga daglönare. Så om du sitter kvar här så

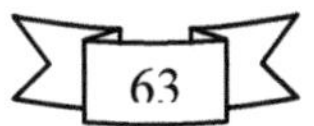

kommer hon nog strax. Jag måste tyvärr gå och titta på mina beräkningar.
- Tack för pratstunden Maria, det känns gott att ha blivit så fint mottagen. Jag hade nog räknat med att ni var en samling mer eller mindre emotionellt skadade forskare. Kul att du bevisade motsatsen.
Maria skrattade och gick bort mot sitt arbetsrum. Vilken konstig prick tänkte hon, han hade varit så lugn och så trygg att Maria nästan kände det som om hon suttit hemma hos sin egen farfar och druckit mjölk med nybakade bullar till.
Hon sprang på Jeanette i korridoren. Du det sitter en psykolog i fikarummet, han hade visst tid hos dig idag.
Jeanette stannade upp och knäppte med fingrarna.
- Jäklar det hade jag helt missat, stönade hon. Jag som precis var på väg ner till Marcus för att fråga hur det går med bränslet. Nåja det får väl vänta lite, jag kan ju inte låta Jan sitta och vänta i evigheter.

- Ska han sitta på vår avdelning? Det är ju liksom fullt här.
- Nej, han ska inte vara här så mycket, han kommer att jobba hemifrån en hel del. Han ska kopplas in mer sen när vi fått ordning på själva motorerna och allt annat nödvändigt. Vi kommer att behöva hans konsulteringar först när det är dags för själva inredningen av skeppet.
- Synd, han var annars en väldigt sympatisk prick, han skulle ha lättat upp stämningarna en hel del.
- Satt han i fikarummet sa du?
Maria nickade.
- Jag antar att det är bäst jag går och pratar med honom nu innan något nytt kommer upp.

Kapitel 6

Ekvationerna

Maria satt hemma i sin våning och pulade med Jeanettes ekvationer. Kan det verkligen stämma att den gamla fysiken har varit så missvisande, grubblade Maria? Det skulle ju i sig kunna förklara en hel del saker som vi med visst tvivel fått lära oss är det rätta. Maria veckade sin panna och fortsatte med ekvationerna. För en lekman är det endast en handfull siffror utslängda på ett papper, men för ett tränat öga, som Marias, är det ett äpple som faller mot marken där dess rörelse noga mäts av. Eller ett synfält där universum inte bara är ett objekt utan tusentals. Ett universum som härberierar de mest konstiga och vidunderliga varelser, några kanske liknar oss andra kanske mer liknar kackerlackor.

- Maria matar in siffrorna från Jeanettes kalkyler i datorn och väntar med spänning medans hennes dator arbetar… Alla kalkyler, alla antaganden och alla uträkningar stämmer på pricken. Den

verkliga knäckfrågan ligger nu vid om Jeanettes labbförsök, observationer och insamlande av data är korrekt utförda. Men någonstans måste jag ju göra ett antagande, varför inte anta att universum inte är korrekt återgivet tänkte Maria?

- Maria småmumlade; Om vi då ställer upp det i en ekvation enligt formeln X och antar att universum så som vi nu känner det är Y-variabeln och x är variabeln som vi söker svaret på, vad blir då svaret på det? Maria knappade på räknedosan en stund...

”Error”

-Ash det var ju ett för stort antagande att börja med… Låt oss i stället anta att jorden inte föddes genom the Big bang… Vad blir svaret då? Datorn jobbade en stund efter de nyinprogrammerade formlerna. – Svaret på frågan hurvida jorden föddes ur The Big bang eller inte blev 11.6% säkerhet att den gjort det och 88.2% säkerhet att den inte gjorde det? Hm... Ganska övertygande resultat, då har vi i alla fall klarlagt grunden.

Droppteorin

Maria satt som fängslad vid sin datorskärm. Hon var bara tvungen att få testa den nya teorin i verkligheten. Jag behöver något kontrollvärde, något som jag vet definitivt stämmer och något som definitivt inte stämmer. Maria matade in data i maskinen och lutade sig lite tillbaka. Maria ville själv se utfallet av de första uträkningarna innan hon tog hela den samlade vetenskapens antaganden och matade in i datorn för att se hur mycket som möjligen kunde stämma. På datorskärmen dök följande meddelande upp; Tid för process ca: 23 h. Perfekt då kan jag passa på att titta på vad som händer på jobbet. Hon drog på sig kläderna med lite av en lättnadens suck. Det var skönt att ha hunnit så här långt nu på natten **innan** hon behövt gå iväg till jobbet.

-En kopp extra starkt kaffe kommer att sitta som en fläskläpp, sa Maria rakt ut som om det var någon i lägenheten som brydde sig. Hon satte på kaffet och gick bort mot badrummet men inte för att utföra något behov eller duscha eller så.

Droppteorin

Nej hon tog fram ett medicin rör ur badrumsskåpet och skakade huvudvärkstabletter med codein. Hon svalde tabletterna vant och gick ut ur badrummet igen. Hon använde aldrig särskilt mycket utan bara vid sådana här tillfällen då hon var tvungen att vara uppe mer än ett dygn.
-Mmm, nu ska det bli gott med en kopp kaffe tänkte, Maria.
Hon hällde upp kaffet i en frigolit kopp och gick ner till bilen. På vägen till jobbet satt hon och tänkte på Jeanettes ekvationer. Tänk om det stämmer, tänk om människan i flera hundra år har räknat med en formel som inte är korrekt. Det skulle visserligen förklara sådana enkla saker som t.ex. "Varför humlan kan flyga." Vidare skulle det naturligtvis bevisa att Jeanettes teori om multipla universum mycket väl kan vara korrekt. Det kommer att bli fruktansvärt svårt att övertyga forskareliten om detta ifall det nu är sant, sa Maria tyst för sig själv.

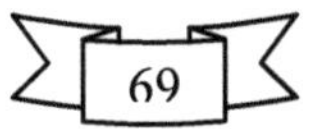

Droppteorin

Hon svängde in i garaget till labboratoriet.
Hon möttes av Marchus som kom springande mot henne.
-Vad i herrans namn är det, utbrast Maria.
De… flås… har… k… pust… och… pust, pust
Ta det lugnt nu och andas ut ett par gånger.
Vad var det nu som du ville.
-Jo, de har kommit… Forskarna alltså, de nya, fick Marcus ivrigt fram.
-Jaså, men vad står vi här för då, kom och lägg på en rem va.
Maria stannade upp ett slag utanför konferens-rummet. Hon tog ett par djupa andetag för att bli av med flåset och steg in.
Hon letade sig fram till en ledig stol och satte sig ner.
- Ja, vi har precis presenterat oss för varandra så du kanske skulle vilja presentera dig inför gruppen. Jeanette pekade på Maria. Maria gjorde en kort presentation av sig själv och avslutade

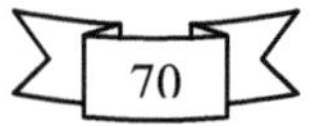

med; Vi kan väl presentera oss närmare vid kaffet, så jag också får en bild av vem ni är.

- Jeanette släppte Maria med blicken och började tala igen. Maria viste redan vad talet skulle handla om så hon slappnade av i fåtöljen. Hon tittade sig lite om i rummet och såg de nya ansiktena, det var inte ett enda som hon kände igen.

- Ja, om vi då skulle ta en kafferast nu då sa Jeanette med en lite högre röst. Maria du kan väl visa vägen?

- Ja, visst sa Maria och ställde sig vid utgången. Är alla med nu sa hon med en lite högre röst. Det var tyst i ledet. Ok då går vi väl då sa Maria. En kvinna i 40 års åldern gjorde henne lite närmare sällskap och sa; - Allt verkar så bra och välorganiserat här. Men det måste väl finnas saker som är mindre bra eller hur; sa Olga till Maria? Maria tittade på Olga och reflekterade över hennes namnskylt. Hm Olga, Olga vem var nu det? Jo javisst, kemisten som eventuellt kunde bli lite problematisk.

- Jo, det är klart att allt kanske inte är på topp, men det är inget alvarligt sa Maria som svar.
- Olga heter jag föresten.
- Maria.
- Vad har du för specialområde Olga frågade Maria vänligt.
- Kemi. Du då?
- Matte och alla möjliga klurigheter som därtill hör, svarade Maria samtidigt som hon drog lite på munnen.
- Här gott folk är vår kafeteria, sade Maria med en lite högre röst samtidigt som hon vände sig om. Kaffet tar ni ur termosen där och thé vattnet finns i den röda termosen.
- Hon vände sig mot Olga och frågade vänligt; - vad får det lov att vara kaffe eller thé?
- Jag tar nog kaffe. Maria pumpade upp en mugg kaffe både till Olga och till sig själv.
- Ska vi sätta oss här borta vid det lilla runda bordet, frågade Maria vänligt? Hon ville prata ensam med Olga utan att behöva säga det, därför passade det lilla

runda bordet med endast två stolar perfekt. Vad tänker du om det här projektet då, jag menar har du någon idé om hur vi ska angripa problemet, frågade Maria?
- Tja, jag vet bara att ni testat en faslig massa olika ämnen och former… utan att kunna fastställa något väsentligt.
- Jo vi har lyckats utesluta nästan alla ämnen som finns och nästan alla möjliga kombinationer. Marchus, vår kemist och kemiansvarige här på projektet har lyckats få någon form av genombrott genom egenutvecklad mjukvara och flitigt användande av partikelacceleratorn i Frankrike.
- Imponerande, sig mig var jobbade Marchus någonstans innan han blev upptagen i projektet?
- Som professor och föreläsare vid Stockholms kungliga universitet.
- Säg mig vad är det för forskare som har jobbat här, jag menar ni har ju inte kommit fram till någonting konkret. Har det bara varit lekstuga på finansiärernas

pengar? Vad har de alla gjort innan de började jobba här?
- Maria tittade på Olga och sa; Alla här är mycket duktiga och kompetenta medarbetare, de har bara tappat tråden en aning. Det är därför som ledningen beslutat att ta in nya kandidater nämligen er. Men det är inte pga att någon har gjort en dålig arbetsinsats utan mer för att projektet behöver nya ögon som kan bolla med de tyngsta frågorna som mänskligheten tagit sig an, nämligen att finna livets ursprung och därigenom även finna vårt ursprung. Jag för min del anser att det var ett klokt och viktigt beslut, det viktigaste är ju projektet. Maria tyckte att frågorna var en smula arroganta för att komma från en helt ny medlem i projektet.
- Har ni verkligen bara kunnat fastställa de bränslen som INTE kommer att fungera och som inte är kompatibla med varandra?
- Nej, vi har lyckats hitta ett tänkbart bränsle som skulle kunna passa. Marcus

vår expert på området har funnit det och håller just nu på att testa det för fullt.
- Jaså, sa Olga mycket förvånad. Han måste vara en mycket duktig medarbetare för att ha kunnat lösa det, ska han vara kvar på projektet framöver också? Jag trodde liksom att vi skulle ersätta alla forskarna för att fortsätta arbetet.
- Marchus kommer att vara med ett tag till, sa Maria med ett flin. Jag själv kommer också att vara kvar som matematiker på projektet. Så du ser alla kommer inte att bytas ut. Det har du väl inga problem med?
- Nej då, absolut inte. Bara jag vet vad som gäller så.
- Jeanette kommer att informera er närmare genom enskilda samtal lite senare i veckan, så jag föreslår att du skriver ner alla frågor du har så du inte glömmer bort dem. Hon är den som ska sköta den biten så det är kanske bäst att du vänder dig till henne med dina frågor, sa Maria mycket artigt och trevligt. Hon reste sig upp och frågade med hög röst

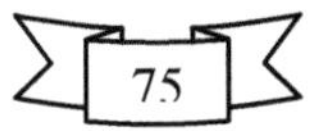

om alla var klara. Det var dem så Maria lotsade tillbaka skocken av forskare till konferensrummet.

Droppteorin

Kapitel 7

Lösningen

Jeanette satt på sitt kontor tillsammans med Maria.

- Nå vad tror du om de nya deltagarna, frågade Jeanette Maria?
- Jo de verkar skärpta och så men hon Olga verkar lite väl arrogant.
- Jaså, tycker du det, sa Jeanette frågande?
- Ja hon hade liksom uppfattningen om att hon och endast hon var kapabel att lösa våra problem. Hon var oerhört förvånad över att vi inte redan fockat hela det gamla gänget och rullat ut den röda mattan åt den nya eliten, nämligen Olga & Co.
- Ha, ha, ursäkta men det lät så komiskt. Menar du att Olga på något sätt skulle ha fått storhetsvansinne?
- Det är inget att skratta åt, och nej det menar jag inte utan hon har gjort sig själv fruktansvärt grandios.
- Vi får väl se hur det ligger till med den saken, jag ska ju ha lite personliga träffar med de nya forskarna och då får vi väl se

hur illa det är. Jag misstänkte att Olga kunde bli lite problematisk men jag hade hoppats på att jag oroat mig i onödan.

- Hur har det gått för Marcus då? Jag sa till Olga att han hittat ett tänkbart ämne men att han håller på att testa det.

- Det är riktigt, han har gjort ett genombrott på bränslet. Han har låtit testa det om och om igen i olika situationer. Förresten har du hunnit titta något på mina beräkningar?

- Ja då, än så länge ser det faktiskt ut som om allt stämmer, men jag behöver gå tillbaka och undersöka de källorna som du använt dig av, simuleringar, tester osv. Jag antar att du förstår magnituden av det som du har hittat Jeanette.

- Ja jag har insett att det är känslig information, det är därför som jag hållit det hela lite hemligt.

- Hur har du tänkt presentera det för forskarvärlden då, för du har väl någon idé eller?

- Suck, jag hade faktiskt tänkt filtrera in det i det här projektet. Du vet som en

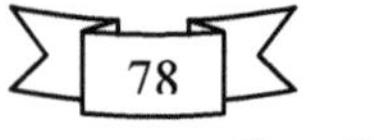

biprodukt till det som vi egentligen forskar på.
- Jaha, och vem skulle det vara som påstås ha kommit på det då.
Jeanette tittade en stund på Maria sen sa hon; -Du Maria, Du är den som är mest lämpad att ha kunnat knäcka detta mysterium. Du är den som kommer att få Crédit för arbetet.
- Och om beräkningarna inte blir accepterade då? Är det då jag ensam som ska stå där med min tvättade hals? Var det därför du ville ha mig kvar i projektet frågade Maria argt?
- Ja, svarade Jeannette kallt. Alla i projektet harvar sin sak att sköta, Marchus har bränslet materialteamet har utformning av rymdskepp och du Maria, du ska ha knäckt den felande länken i professor Einsteins relativitetsteori. Du kommer att ha hela teamet bakom dig som stöd och jag backar upp dig till tusen.
Beräkningarna kommer lättare att accepteras om vi säger att det är en biprodukt Maria, vi har ju då inga som

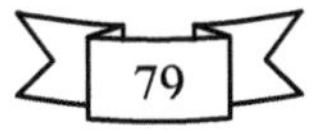

helst ambitioner till att söka uppståndelse kring saken. Du förstår, finns det ingen egen vinning till ett genombrott så dör hela prestigesaken. Man ser saken för vad den är och räknar den till människans bästa... Och det är allt jag vill. Jag vill ta bort skygglapparna och utforska den RIKTIGA världen, som den verkligen ser ut. Jag bryr mig inte om pengar eller andra förmåner, jag är bara en enkel forskare som vill kunna testa min teori och du är mitt medel till att få den chansen.

- Maria bara gapade. Hon tittade på Jeanette som om hon var från en annan planet. Hon sansade sig en aning och sa med svag röst; Det här måste jag få fundera på.

- Javisst sa Jeanette, det är ingen brådska, ta den tid som du behöver.

- Maria gick långsamt och fundersamt ut ur Jeanettes kontor. Varför skulle jag utsätta mig för något så här riskfyllt, hela min karriär står på spel, tänkte Maria. Å andra sidan så är ju det här en fantastisk

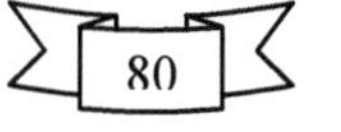

chans att få dela med sig av kunskapen om att världen har en annan ordning än vad vi tidigare trott. Tankarna snurrade runt i Marias huvud.
- Halloj Maria, ropade en röst bakom henne. Maria hörde inte utan fortsatte att gå mot utgången. Det var Marcus som hälsat och nu när Maria inte hörde så sprang han ifatt henne.
- Maria, hur mår du frågade Marcus samtidigt som han lade handen på Marias axel. Maria vände sig om och såg förvånat på Marcus.
- Ja vad vill du, fick Maria fram?
- Värst vad du verkar upptagen i tankarna, sa Marcus med ett leende. Har du ett par minuter till övers åt mig frågade Marcus samtidigt som han bläddrade i sina papper.
- Javisst, självklart. Har du hittat något i testerna?
- Kan man kanske säga sa Marcus lite finurligt. Jag har lyckats att kontrollera brinntiden för bränslet, han tog fram ett pappersark ur sin mapp som han höll i famnen. Vi vill ju att farkosten ska gå

framåt med en hastighet av ca: 1G, eller hur. Maria nickade. Då måste vi göra några modifieringar i motorn, det kommer alltså inte att fungera med en ordinär raketmotor. En annan sak, vi måste bygga skeppet i rymden då bränslet innehåller både radioaktivt uran och flytande väte. Startar vi motorn på jorden så kommer det att bli ett kraftigt radioaktivt utsläpp samtidigt som vi ökar risken för haveri avsevärt.

- Varför då frågade Maria, nu mycket intresserat?

- Jo, om vi belastar skeppet i starten med vårt atmosfäriska tryck så ökar risken för materialutmattning i förtid dvs. metallen som håller ihop skeppet går helt enkelt av.

- Vi måste alltså bygga ett skeppsvarv ute i rymden först, är det korrekt uppfattat frågade Maria med en lite upphetsad röst.

- Ja det är nog enda möjligheten, sa Marcus lite försiktigt. Tror du att det blir problem med finansieringen Maria.

- Nej egentligen inte. Budgeten för det här projektet är ganska flexibel, tar pengarna slut så finns det finansiärer som mer än gärna är villiga att bidra med pengar mot att de får ha med oss i sin marknadsföring. Gör så här nu, gå till Jeannette med dina uppgifter och betona vikten av att bygga upp skeppsvarvet snarast möjligt. Vi vill ju ha möjlighet att göra en modell av motorn och testköra den innan vi bygger den riktiga som ska monteras i skeppet. Är det ok om jag lägger ut dina uppgifter på intranätet så material och design sidan får något att bita i.
- Det är ok, här är disken med all information.
- Bra, fånga nu in Jeannette så fort som möjligt så ska jag personligen se till att alla enheter får dina data så att vi äntligen kan påbörja ett bygge av skeppet. Maria var nu så uppspelt att hon inte kunde gå som vanligt utan småsprang tillbaka till sitt kontor. Plötsligt slog det henne att om inte hon trädde fram och meddelade att teamet

snubblat över data som omkullkastade en stor del av fysiken så skulle saken rinna ut i sanden. Hände det så skulle hela resan vara helt meningslös. Maria skickade över ett kodat meddelande till Jeannette där hon accepterade erbjudandet om att ta på sig ansvaret för upptäckten. Maria slog händerna på knäna och suckade kort, sedan stegade hon med bestämda steg ner till material sidan för att informera alla om Marcus upptäckt. Maria klev in i fikarummet för att se om det var någon aktivitet där, men det var det inte. Hon fortsatte ner till golvet och sprang på några av de nya medarbetarna som stod och småpratade.
;- Hör upp allesamman, sa Maria högt, Marcus har kommit fram till revolutionerande data angående bränslet. Det blev tyst i gruppen. Jag vill att ni alla tittar på er respektive dataskärm och jobbar utifrån dessa beräkningar, fortsatte Maria fokuserat. Vi har äntligen fått någon substans att jobba efter så sätt lite fart. Gruppen tittade på Maria med stora ögon.

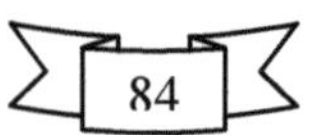

- Ni måste ta med i beräkningarna att skeppet inte kan byggas här på jorden utan måste byggas ute i rymden. Alltså behövs det även ett specialanpassat skeppsvarv. Gruppen såg genast lite gladare ut, nu fanns det äntligen en mission även för det här teamet. Att konstruera ritningar till en motor och ett skepp skulle inte bli något större problem. Det fanns redan utdrag på önskemål angående utförande och antalet passagerare, därför fanns det också en uppsjö av olika ritningar färdiga. Gruppen skulle i princip bara behöva klippa och klistra i de olika ritningarna ungefär som i ett ordbehandlingsprogram, men hänsyn måste naturligtvis tas till de olika förutsättningarna som det radioaktiva bränslet medför. Gruppen med Stina i spetsen gick snabbt bort till sina arbetsplatser för att påbörja arbetet. Maria gjorde Stina lite närmare sällskap och sa vänligt; - jag är också matematiker och fysiker och jag måste säga att jag känner mig ganska upprymd

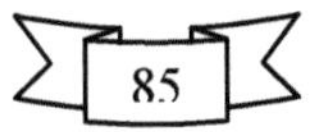

av dessa nya data. Jag inser att du inte kan veta allt om vårt datasystem på en gång därför följer jag med dig så att du kan fråga mig om något är oklart.
- Skönt jag trodde nästan att jag skulle få slita häcken av mig bara genom att försöka förstå era datorer sa Stina med ett litet leende.
- Ja det är ju meningen att ni ska lägga energin på projektet och inte på ett datasystem, sa Maria vänligt. Jag sitter här borta om det är något sa Maria samtidigt som hon pekade bort mot sitt bås. Det är bara att hosta till om det blir problem. Maria gick bort till sin terminal och knäppte på den, hon ville se om Jeannette hade hunnit svara på hennes mail och det hade hon. *Bra Maria. Jag tvivlade aldrig på dig. Jag ska bereda vägen för dig genom mina kontakter. Ligg lågt så länge så återkommer jag senare. Förresten var det bra att du tog tag i Marcus uppgifter och satte gänget i arbete. Vi jobbar bra som ett team, Hälsningar Jeannette.* Maria tittade ut över kontorslandskapet och såg att alla

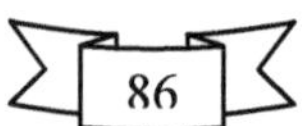

jobbade febrilt, hon kunde inte undgå att känna sig lite stolt över att hon fått alla i arbete. Samtidigt kände hon en enorm trötthet komma över henne, hon hade nu varit vaken i över ett dygn och arbetat nästan hela tiden. Hon gick bort till Stina och sade ;- Nu bryter jag för idag, kör det ihop sig så lämna ett meddelande på min inbox på intranätet.

Stina tittade upp på Maria ;- Men du är ju helt vit i plåten människa, gå hem och lägg dig jag håller ställningarna här så länge.

Kapitel 8
Presskonferensen

Riiiiing, riiiiiiiiiiiiiiiiiiiiing, ”dunk” ”dunk”. Maria vaknade med ett ryck. Vem tusan är det som vill något så här dags, mumlade Maria yrvaken. Hon kravlade sig ur sängen och öppnade dörren, det var Jeannette.
- God morgon Maria, hoppas att natten varit god.
- Ja, jo men vad vill du klockan är ju bara sju?
- Jag har samlat ihop journalister till en presskonferens för att sprida nyheten om den nya teorin. Den börjar klockan nio och jag förväntar mig att du är närvarande då.
- IDAG, utbrast en förvånad Maria?
- Javisst, det är väl ingen mening med att sitta och hålla inne med det. Ju förr vi får idén godkänd desto snabbare kan vi börja jobba utifrån de riktiga ekvationerna.
- Jo, du har nog rätt jag blev bara en aning överrumplad. Du kommer väl att hålla i konferensen Jeannette? Jag har en

benägenhet att bli nervös och göra bort mig.
- Det är ingen fara, jag kommer att inleda konferensen som ansvarig chef. Du kommer endast att behöva svara på detaljfrågorna eftersom det är du som knäckt problemet. Sätt på dig lite respektabla kläder och följ med till kontoret nu. Jag väntar tio minuter så att du hinner göra dig i ordning.
- Jag kommer ner till bilen så fort jag kan... Vi ses om några minuter. Maria flög i sina kläder och jäktade ner till en väntande Jeannette.
- Är du redo, frågade Jeannette?
- Jodå, kör mot kontoret. Hur har du tänkt dig upplägget i konferensen Jeannette? Ska jag gå in på detaljer eller bara svara ytligt.
- Svara i almäna drag vad det handlar om och hänvisa sedan till det häfte som jag skrivigt för närmare detaljer. Det kommer några journalister från tidningen science och de är nog sugna på detaljer.

- Hoppas nu bara att alla köper storyn om att det är jag som utarbetat formlerna.
- Varför skulle de inte göra det? En så flitig och noggrann matematiker som du själv har ju både möjlighet och kunskap till ett kreativt tänkande.
- Suck, Jag känner mig nervös över att stå där inför ett helt koppel av journalister som bara önskar att jag ska göra bort mig.
- Så ska du inte tänka, tänk istället på att du gör hela projektet en oerhörd tjänst. Det är idag som fysiken kommer att ändra riktning, det är idag som mänskligheten kommer att få gardinerna fråndragna, man kommer att kunna se klart. Vi kommer att få i uppdrag att utforska möjligheterna till multipla universum. Är det möjligt och i så fall vilken militär kapacitet har dessa nya världar, vi vill ju inte stå med byxorna nere om vi skulle bli koloniserade av en helt främmande makt.
- Tror du verkligen att de nya världarna är så krigiska? Jag menar vi har ju

varken sett eller hört något som skulle indikera ett fientligt angrepp mot vintergatan.
- Jag tror inte att de nya världarna är särskilt krigiska. Men du förstår om politikerna får saken presenterad som ett hot mot oss så kommer vårat projekt att få oerhörda resurser och vi kommer att få utforska teorin om multipla universum och allt annat.
- Slugt Jeannette, men vad händer om forskar eliten inte köper vår idé.
- Då får vi bevisa vår sak genom experiment. Det kommer inte att bli något större problem då jag har alla mina datasimuleringar i datorn. Jeannette och Maria rullade in på forskarkomplexets parkering. Det var inte precis någon strålande sol men heller inte gråmulet, utan snarare ett svagt dis som låg tunt och hindrade solstrålarna till att bryta igenom.
- Följ med mig upp till kontoret Maria så vi kan gå igenom vad du ska säga och inte säga, sa Jeannette.

- Ok, det är du som är chef. Jeannette tryckte på hissknappen och inväntade den skramliga hissen. Det är inte utan att man funderar på huruvida hissen kommer att hålla eller inte. Men också denna gång så höll hissen och Maria och Jeannette klev av och stegade in på Jeannettes kontor.
- Sätt dig Maria, sa Jeannette med alvarlig röst. Du ska alltså bara informera pressen i korta drag om vad upptäckten innebär och betyder, gå inte in på krångliga detaljer. Och framför allt uppträd som om det bara är du och ingen annan som knäckt ekvationerna. Jag sitter alldeles jämte dig så du behöver inte känna dig så utsatt. Jag kommer sedan att gå in på vinklingen om det militära hotet som detta kan medföra.
- Jag förstår, sa Maria ansträngt. Om du nu ursäktar så vill jag gå och titta igenom mina anteckningar innan pressen är här.
- Självklart Maria.
- Vilken konstig vinkel Jeannette vill ta tänkte Maria, men Jeannette är ju

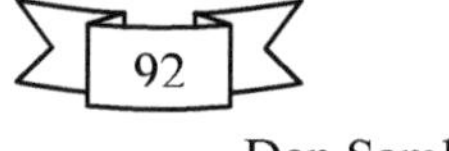

ansvarig chef och det är ju endast hennes tolkning av de fakta som finns. Att spela på människors rädsla brukar ju vara effektivt. Har du en bössa? Då är det bäst att vi slår till först, det spelar ingen roll om man uppträtt hotfullt eller anspelat att man önskar slåss. Spela roll sa Maria lågmält för sig själv. Det är ändå kittlande med tanken på multipla universum. Maria läste igenom anteckningarna som hon gjort baserade på Jeannettes ekvationer. Det är ju egentligen solklart tänkte Maria, vi har bara gått efter fel spår efter Einsteins relativitetsteori.

- Klockan drog sig mot nio och Maria gick in till Jeannette. Det drar ihop sig Jeannette sa Maria och ställde sig i dörröppningen till Jeannettes rum.

- Då går vi väl in till konferens rummet Maria sa Jeannette. Marias hjärta bultade hon kände att svetten och muntorrheten började komma. Jeannette och Maria kikade in i konferensrummet, där satt minst ett 20: tal journalister. Jeannette öppnade dörren och stegade in med

bestämda steg och ett leende på läpparna, Maria var tätt efter henne. Maria ville le och uppträda normalt men kroppen lydde henne inte, hon framstod som stel och nervös inför kameran. Konferensen varade i nästan en hel timme. Jeannette inledde och Maria förklarade själva idén och Jeannette kom med den militära vinklingen varpå det blev ett sorl bland journalisterna. TV teamet var de som nästan direkt utan att ställa några kritiska frågor gick ut med en extrasändning med nyheten om ett möjligt hot från en avlägsen civilisation. Maria började känna sig lugn när journalisten från science frågade efter bevis och våra uträkningar. Maria hänvisade till det häfte som låg framlagt.
- Men du måste väl ha någon egen uppfattning Maria? Vilka konkreta bevis har du att redovisa?
- Maria tittade på Jeannette som diskret nickade tillbaka. Jag har experimenterat och hitintills så har allt visat sig stämma. Vi måste veta om det är möjligt att färdas mellan världarna. Tänk på vilka

metaller och mineraler som vi möjligen skulle kunna utvinna. Finns det en civilisation, vilket inte alls är otänkbart, så måste vi antingen assimilera den eller utrota den. Det är ett för stort hot för att ignorera, om vi kan komma på ekvationen så är det högst sannolikt att också andra civilisationer knäcker den. Kanske inte idag, men vem vet exakt när detta sker, det är bättre att vi slår till först då vi har överraskningsmomentet till vår fördel än att vänta på grannens utveckling. Och det är inte så att jag har någon egen vinning i det här, jag har endast snubblat över det här när jag forskade inom projektet. Det är endast en biprodukt.

- Journalisten såg sammanbiten ut och nöjde sig med svaret. Ni är naturligtvis medvetna om att era data kommer att granskas av oberoende matematiker och fysiker.

- Självklart, det är därför som vi bjudit in pressen för att få konstruktiv kritik. Man kommer inte att kunna avfärda det här som en struntsak. Siffrorna ljuger inte och det flyter betydligt bättre än vår tidigare mattematik och fysik. Det är ju så mycket som vi inte har kunnat förklara utan det har liksom blivigt glapp i kunskapsträdet. Vi har lärt oss att acceptera det då vi inte funnit svaret men lyckats komma vidare. Jag erbjuder dessa ekvatoriska lösningar att stoppa in i hålen, och det kommer därför att visa sig att naturlagar som vi tidigare tagit för orubbliga plötsligt blir formbara.

- Vi får väl se, sa journalisten och gick iväg.

- Tror du de köpte det, frågade Maria Jeannette med låg röst.

- Det tror jag sa Jeannette, du var inte så värst övertygande i början men du tog hem poänger på slutet.

- Jeannette och Maria slog på TV:n och såg extranyheterna om deras teori.

- Då är bollen i rullning Maria, sa Jeannette.

- På eftermiddagen hade det haglat in mejl från diverse forskare och studenter. Alla ville de få uppgifterna bekräftade och få tillgång till de modeller som vi

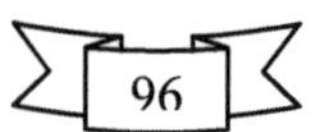

använt oss av. Maria svarade alla och bifogade de modeller som de använt sig av. Presidentens stab hörde också av sig för att försöka förstå de siffrorna som Maria presenterat. De förstod inte mycket av det, men de förstod hotbilden.
- Vi måste få veta om det ligger någon sanning bakom det här. Om det till facto finns en annan civilisation så måste vi veta hur avancerad den är, vilka planer de har och om de kommer att anfalla oss. Vi måste med alla medel få vetskap i detta.
- Jeannette lutade sig tillbaka i stolen och log med hela ansiktet. Det är helt otroligt så förutsägbar presidenten och presidentstaben är. Nu ska vi bara mjölka frukten av rädslan.

Droppteorin

Kapitel 9

Bränslet

- Kan du söka Marcus på hans personsökare. Sa Jeannette till sin sekreterare när hon gick förbi disken.
- Måste få klarhet i hur det går med det nya bränslet tänkte Jeannette lite högt. Maria lommade efter Jeannette likt en AT-läkare som småsprang efter sin överläkare i hopp om att göra ett effektivt och gott intryck.
- Jeannette, inte kommer du väl att sparka Marcus nu när han fått fram ett fungerande bränsle.
- Nej, han har fått garantier från högre ort. Det utspelades ett litet rävspel och han höll alla essen på sin hand.
- Jaså, sa Maria något förvånad.
- Jo han krävde garantier att få stanna kvar i projektet mot att jag fick ta del av forskningsresultatet rörande bränslet. På något sätt så hade han lurat ut att han låg i riskzonen för att bli utbytt. Jeannette slängde en skarp blick på Maria som lite halvchockad försökte se ut som om det ösregnade ute.

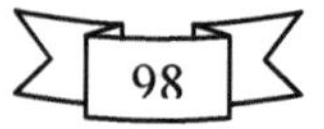

Droppteorin

- Du måste väl erkänna att det var lite halvklyftigt med tanke på att projektet inte kommit så långt innan Markus snubblat över bränslet. Hela projektet befann sig ju i ett dödläge, eller hur Jeannette. Vi kom ju ingenstans, vartenda kugghjul var ju hopplöst fastkört i leran.
- Naturligtvis har du rätt, och jag är glad att Markus stannar hos oss ett bra tag till. Vi behöver hans beslutsamhet och envishet.
- Nu har vi ju fått presidentstaben på vår sida också, förstår du vilka möjligheter detta innebär. Vi kommer att få en enorm budget att jobba med och ganska fria händer. Det enda som kommer att räknas hädanefter är resultat, spelar ingen roll hur vi uppnår dem, vilka metoder vi använder eller om det ens är etiskt.
- Usch, nu låter du som en halvgalen forskare från 1930: talet. Ska vi inte göra lite meningslösa försök på apor också? Eller dissekera några hundar medans de är levande?

Droppteorin

- Men Maria då, vadan denna trumpna och cyniska inställning då. Klart att vi ska hålla både moral och etik högt, jag menar bara att spelreglerna har ändrats betydligt nu, och det till vår fördel. Jag tycker det ska bli så otroligt spännande att se vad teamet kan göra utifrån den nya teorin, allt har ju vänts upp och ner sedan Albert Einsteins relativitetsteori presenterades. Jag menar sagan om the Big bang måste nog revideras en aning, eller hur? Inte för att Albert hade fel i sak utan för att vi med den nya teorin och kunskapen kan fylla i hålen som han mattematiskt sett inte kunde lösa. Han hade ju inte de mattematiska verktygen som vi har idag. Vi tar en tur förbi Marcus i forskningslabbet för att se hur det går med förfiningen av bränslet.

- Gratulerar Marcus, utbrast Maria så fort hon fick syn på honom, hon slängde sig om hans hals.

- Hoppsan, stönade den något förvånade Marcus. Jaså ni har hittat ner i saltgruvan. Ska chefen se så jag jobbar flitigt och uppoffrande?

- Nej då, vi var bara nyfikna på hur det går med raffineringen av bränslet. Hela projektet står ju faktiskt och faller med hur det går för dig. Om du vill så kan jag avdela en extra hand till dig, fast jag antar att du helst jobbar ensam.
- Exakt, jag jobbar ensam. Jag tog fram bränslet och JAG ska raffinera det själv också. Jag tänker inte dela äran av MITT jobb med NÅGON, är det uppfattat.
Marcus brusade upp och såg ilsket på Jeannette.
- Okej, okej det var bara ett förslag. Lugna dig lite nu. Vi var faktiskt bara lite nyfikna på hur raffineringen av ämnet fortskrider. Får du ner det radioaktiva utsläppet något eller är det ett värde vi får leva med?
- Hm...mutter skruf. Jodå jag har fått ner det radioaktiva utsläppet ganska mycket genom att sänka densiteten på det tunga vattnet. På det sättet så slinker de radioaktiva partiklarna igenom lättare och det behövs mindre radioaktivt ämne för att åstadkomma en acceptabel explosion

- Bravo sa Jeannette. Nu ska vi bara sätta lite eld i baken på materialsidan så vi får till en prototyp av något slags motor.
- Ja gå och stör dem vetja, sa Marcus småsurt. Jag får liksom inget gjort om ni kommer ner hit och stör hela tiden.
- Kom Jeannette så går vi bort till materialingenjörerna.
- Ja, kanske är de lite mindre sura.
- De steg in i den skraltiga hissen och Maria tryckte på nödstopp.
- Jeannette, Marcus har jobbat nästan dygnet runt med bränslet. Hans dåliga humör hör säkerligen ihop med en mental utbrändhet.
- Jo du har säkert rätt, men han behövs just nu i projektet.
- Jeannette om Marcus bränner ut sig mentalt så kan det ta månader av vila, mediciner och psykoterapi. Jag förordar att han tar ledigt i alla fall en dag i veckan en tid. En dag då han inte får tänka på jobbet utan bara vara Marcus… visst har väl firman en stuga lite utanför stan nära en sjö. Skulle han inte kunna få

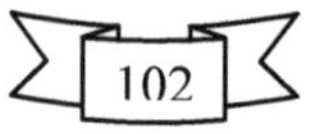

låna den, jag tror att vi alla skulle vinna på det.
- Du kanske har rätt Maria sa Jeannette med en lätt besvärande min. Problemet är att Marcus aldrig skulle ta ut en sådan ledighet frivilligt. Jag gillar inte tvång men kanske att det är enda utvägen. Det är ju inte precis så att materialsidan har någon färdig prototyp än. Jeannette tryckte ner hissen till Marcus våning igen ”Du Marcus” sa hon med hög röst samtidigt som hon kliver ut ur hissen. Jag har funderat lite och tycker att du är värd lite fritid. Vad skulle du säga om att tillbringa varje helg vid stugan som firman äger nere vid sjön?
- Vad menar du? Skulle jag uppoffra allt det jag jobbat för genom att sitta vid någon stuga och meta mört?
- Nejdå du skulle INTE behöva offra någonting alls. Du skulle få egna nycklar till laboratoriet och full betalning under ledigheten. Jag är bara orolig för dig och rädd att du ska bränna ut dig. Kan vi inte testa bara en dag, säg nu på lördag?

- Okej om det bara är jag som har nycklarna till labbet. Jag kommer självklart att flytta över all data från nätverket till min portabla handdator.
- Har vi en deal då, lördag ledig?
- Okej, men bara på prov och om jag upptäcker att någon varit inne i labbet så kommer jag personligen göra livet surt för dig.

Droppteorin

Kapitel 10

Bränslet/Utbränd

Maria satt som vanligt först i fikarummet och smuttade på kaffet, det var söndag morgon och första dagen efter Marcus lilla ledighet.

- Halloj ropade en hög och klar kvinnoröst och in stack ett huvud, det var Jeannette.
- Hejsan svarade en pigg Maria.
- Har Marcus kommit än frågade Jeannette.
- Näpp, hoppas han kommer snart och fått lite mersmak på ledigheten, fick Maria ur sig mellan surplingarna av kaffet.

Plötsligt så small ytterdörren igen och ett rufsigt huvud stressade förbi, det var Marcus.

- Marcus ropade Jeannette med bestämd röst.
- Ja vad är det, stönade Marcus.
- Har du haft det bra på ledigheten… Jag skulle vilja ha lite feedback så jag kan planera för nästa helg.

Droppteorin

Marcus backade tillbaks till fikarummet, tog tyst en kopp kaffe och satte sig ner mitt emot Maria.

- På det hela taget så var det rätt okej, men dagen före så kände jag en stark oro i kroppen som om det var något hemskt som skulle hända. Jag försökte intala mig att det inte var någon fara att åka bort en dag, men oron satt i hela natten. Men när jag väl kom till stugan så släppte alla spänningar, jag högg lite ved och tände en brasa. Jag satte mig ner i soffan och tittade, nej stirrade in i brasans virvlar av eld. Jag började känna mig dåsig la upp benen på soffan och smack så somnade jag. Det var inte någon vanlig sömn då jag måste vara på jobbet eller någon annan stans. Utan det var en sömn fylld av drömmar hopp tro och kärlek en sömn som man nog lätt skulle kunna bli beroende av.

- Det var värst sa Jeannette, då antar jag att vi gör likadant nu på lördag igen. Kul och höra att allt gått bra i helgen. Du behöver verkligen få vila i alla fall en dag i veckan.

- Jag vill bara gå ner till labbet för att kontrollera att ingen varit där. Om jag fått ha mina grejer ifred så tar jag mer än gärna ledigt nästa lördag också.
- Det är bara du som har nycklarna till labbet Marcus, du behöver inte stressa och tänka på det. Kommer inte du en dag så står labbet tomt, sa Jeannette.
- Jag tycker det är viktigt med din hälsa och det är inte enbart av välvilja för dig utan mer med tanke på projektet. Vi skulle stå och falla med dig om du försvann in i någon sjukdom bara för att du inte haft någon ledighet. Det är mitt ansvar att se till att alla jobbar som de ska, men det är också mitt ansvar att se till att alla tar ut en viss mängd ledighet. Och du Marcus har inte precis legat i topp när det gäller ledig tid.
- Nej du har nog rätt, jag lever mig in i mitt arbete så till den milda graden att det blir nästan sjukligt maniskt. Jag behöver någon som trycker ner bromsklossen åt mig och kommenderar vila. Ärligt talat så tror jag att det finns fler personer här i bygget som skulle

behöva lite ledighet. Nu efter ledigheten så har det poppat upp nya idéer om hur jag ska förfina bränslet, idéer som jag säkert inte hade fått fram om jag inte varit ifrån arbetsplatsen.

- Va kul att du är så positivt inställd till ledigheten. Både Maria och jag var ganska oroliga för dig, vi ville ju inte att du skulle bli sjuk. Och åter igen så är det lite av egoistiska skäl, projektet står och faller med dig. Försvinner du i sjukdom flera månader så finns det ingen som kan ta vid efter dig. Samtidig så bryr jag mig om dig som arbetskamrat och kollega. Du betyder mycket för oss alla här på bygget, försvinner du så skulle det vara en enorm förlust både för projektet och för oss som arbetskamrater.

- Maria när du har druckit upp ditt kaffe så kan du väl komma in till mig, sa Jeannette.

- Ja, visst hasplade Maria ur sig, är det något särskilt?

- Nej, jag vill bara stämma av lite.

- Va kul Marcus att din ledighet blev så bra. Jag menar att den blev så

meningsfull, att du själv kände att det var någon mening med ledigheten. Vi människor är inte skapta till att jobba varenda dag utan ledighet. Man behöver något att se fram emot och inte bara tänka i formler och ekvationer, även om det i sig kan vara en liten flykt från verkligheten. Det är ju inte alltid så där buskul att komma hem till en familj som väntat på en och vara den perfekta mannen eller kvinnan. Att sitta ner och ta del av alla problem och lustigheter som hänt familjen under dagen, när man själv bara vill gå och sova.
- Ja på pricken så är det, när jag kommer hem så blir jag helt överöst med diverse problem som familjen står inför allt ifrån att Stina blivigt dragen i håret till Nettan som vill hoppa av skolan. Det var faktiskt oerhört skönt att komma till stugan och känna det totala lugnet, ingen som drog och slet i mig utan bara jag själv, jag som bestämde vad jag skulle göra. Det var en mäktig och nästan religiös upplevelse.

Droppteorin

Nej du kaffenisse, du borde nog gå bort till Jeannette innan hon får frispel och ringer säpo, själv ska jag ner i saltgruvan och skyffla salt.

- Ja du har nog rätt, jag vill ju inte att det ska börja ryka ur öronen på henne. Maria reste sig och började knata bort till Jeannette.

Jaha, och du ville vad, sa Maria till Jeannette?

- Fan vad rätt du hade om Marcus, han måste ju ha varit helt slutkörd. Någon vecka till och han hade hamnat på psyket.

- Ja han behövs ju betydligt mer här än lallandes på en funnyfarm. Om det kostar projektet en dag i veckan så har nog projektet gjort en pangdeal. Alla medarbetare behövs ju här i projektet och de som faller ifrån innebär ju en enorm förlust i kunskapsbank.

- Har materialsidan avancerat något då. Jag menar de torde ju ha kommit en bit på väg eftersom det gått några dagar sedan Marcus lämnat över parametrarna för bränslet.

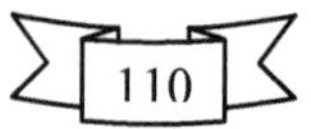

- Jo då de har kommit med diverse förslag, några bra andra helt omöjliga. De har fokuserat på motorn än så länge och vad jag kan utläsa så handlar det främst om en motor som sitter separerad från själva skeppsmodulen. Skeppet måste ju ha en sfärisk rotation så att det bildas en jämn gravitation inne i skeppet. Därför är tanken att skeppet utrustas med en motor som ligger X-grader skevt i vinkel vilket skapar en gravitation som liknar den vi har här på jorden. Det är snart dags att vi kopplar in psykologen Jan Larsson, för att få lite konsultation över konstruktionen av de personalutrymmena som kommer att finnas. Vi måste få agretionsnivån att ligga på ett minimum bland passagerarna och effektiviteten på topp. Troligen får de båda variablerna samsas lite vilket gör att det blir lite mindre effektivt och lite mindre stressande och aggressivt. Men personalen är oerhört viktig, när skutan väl har lättat från basstationen så finns ingen möjlighet till utbyte av personal som inte platsar. Jan kommer

att ha huvudansvar för utseendet av personal efter det att deras kunskapskriterier uppfyllts. Han pratade om att vi bör hitta par som varit tillsammans i flera år och som är stabila i förhållandet till varandra. Det skapar en harmoni som så väl behövs när man lever i ett slutet sällskap så länge, för vi vet inte hur lång resan blir om de ens kommer fram till målet eller om de kommer fram men måste upprätta någon form av koloni.

- Helt otroligt att Marcus hade en så lyckad helg. Vet du jag tror inte det bara är vi här på jobbet som tjänar på hans ledighet utan även hans familj, för han hade ju förstånd på att åka till stugan själv. Kan tänka mig att de blir förvånade och glada när de ser förändringen av honom till det bättre. Den här Jan när kommer han in på alvar i gänget?

- Tja, egentligen så bör vi koppla in honom redan nu faktiskt. Det borde vara bättre tidigare än senare så att han hinner skaffa sig en så klar och riktig bild som möjligt över skeppet och skeppsutrymmerna. Vi måste få klarhet i hur personalen ombord tidsmässigt bör arbeta. Vi måste också utforma något slags ekonomiskt system där löner och avgifter räknas in. Ekonomin har ju hittills visat sig vara en grymt bra motivations axel.

- Jag ringer Jan på stubben så vi får sätta oss ner och prata med honom, jag tänkte att det kunde vara Du, jag och Marcus som är med på det första mötet med Jan.

- Ja jag hade gärna varit med på första mötet och fortsättningsvis också.

- Ja det är klart att du ska vara med, du är ju en av mellan cheferna, min stöttepelare. Du, jag, Jan och Marcus är givna att följa med på resan. Stina har eventuellt en biljett i bakfickan hon också. Det är redan bestämt, men sig inget till Marcus än han har nog med att få ledigheten att flyta .

- Jeesuss, ska jag få följa med på resan, det är ju helt otroligt. Min högsta dröm går i uppfyllelse, det här Jeannette kommer jag aldrig att glömma sa Maria

samtidigt som hon flög Jeannette runt halsen.
- Öh, tack så mycket, men nu måste jag gå och jobba.
- Jag går över till materialsidan sa Jeannette till Maria när hon svepte förbi Marias kontor. Jag hänger på vänta bara två sekunder.
- Det har börjat hagla in mail från diverse forskare som ger sitt godkännande till teorin. Det känns nästan som om de vill vara med och sola sig i glansen. Men jag brukar bara tacka dem för sin medverkan.
- Bra Maria, nu ska vi över till materialsidan och tala med Stina för att se hur arbetet fortskrider där. De borde ha kommit ganska långt nu, de gick bort mot hissen. Den skraltiga hissen lät plötsligt inte utan susade bara upp till kontorsvåningen.
- Vad tyst hissen låter fick en förvånad Maria fram.
- Jo jag har låtit fixa hissen nu i helgen så nu låter den riktigt civiliserat.

Droppteorin

- De båda damerna klev in i hissen och Jeannette tryckte på hissknappen. Svisch, hissen bara susade ner till materialsidans plan.
- Gud va skönt nu behöver man inte oroa sig för om hissen ska stanna.
- Jaså har du varigt så orolig för det?
- Ja ända sedan jag började på projektet så har jag haft mina funderingar på hissen, ibland riktigt kusliga tankar.
De båda damerna gick bort till materialsidan med raska steg.
- Halloj, Stina ropade Jeannette.
- Halloj du själv, sa en upptagen Stina.
- Hur har det gått för er, har ni fått te del av allt material som ni behövt?
- Jodå vi har allt fått material, men vilka mängder med data ni har pluttrat ihop. Det tog en evinnerlig tid att sortera allt, ungefär som när man var liten och skulle sortera ihop legobitarna.
- Ja vi bara samlade ihop allt och skickade över all data som ett sött litet paket med röda snören.
- Stämmer verkligen hela den nya mattematiken och fysiken Maria?

- Jo det är verkligen så som det ser ut. Vi har testat den nya mattematiken på alla möjliga sätt, kört tusentals simuleringar och allt tycks stämma. Även oberoende forskare har tagit del av materialet och de är förstummande över att det tagit så här lång tid för mänskligheten att komma fram till det här.
- Hur har det gått med konstruktionen, frågade Jeannette?
- Jodå det går framåt, vi håller först nu på med att göra ritningarna till skeppsvarvet som ju ska ligga i rymden. Vi håller även på med ritningar till en betydligt större rymdfärga, eftersom det kommer att gå åt så mycket material. Först så ska vi bygga varvet, sen ska vi bygga en prototyp av motorn. Om motorn fungerar som beräknat kommer vi att använda oss av den till att ge en konstgjord gravitation inne i varvet. Sedan ska vi bygga den riktiga motorn, skrovet till själva skeppet och till sist göra inredningen.
- Hur lång tid beräknas gå åt för att färdigställa skeppet, frågade Maria.

Droppteorin

- Tja om allt som nämnts klaffar så bör vi vara flygfärdiga inom ett år. Men vi skulle behöva låna över Jan för att gå igenom ritningarna och konstruktionen inne i skeppet.
- Självklart ska ni få det, just nu är han runt på skolor i en serie föreläsningar men så fort han är tillbaks så bollar jag över honom till er.
- Bra, om det var allt så ska jag ner på golvet och se hur det går för konstruktörerna.

Jeannette och Maria gick tysta tillbaka till sina arbetsstationer. Maria sjönk ner i sin arbetsstol med en miljon tankar och funderingar. Hon Maria skulle verkligen få följa med på tidernas största resa. Hon skulle jobba med de skarpaste av hjärnor, lösa de knivigaste frågorna. Kort sagt hon skulle briliera i all sin glans.

Kapitel 11

Sista handen läggs vid skeppsbygget

Ca:1år har passerat sedan upptäckten av den nya ekvationen och framtagandet av bränslet slutfördes. Ett skeppsvarv har byggts i rymden och ligger i omloppsbana kring jorden, Man har färdigställt motorn som ska driva Terra Goova och påbörjat bygget av skeppet. Motorerna sitter på var sin sida av det konrunda skeppet och är utformade likt revolvermagasin. Det är 7st motorer på var sin sida av skeppet. Ombord finns det 32st nya oanvända motorer för bruk ifall ett motor haveri uppstår.
Jeannette, Maria, Jan och Marcus har flyttat sin bas från jorden till en del av skeppsvarvet, allt för att vara lite mer hands on på bygget. Det var många nya och spännande problem som uppstod när väl bygget påbörjades. Alla delar är sammansatta likt moduler och byggda på jorden för att sedan fraktats upp av en rymdfärja. Det har byggts 4st gigantiska rymdfärjor som kör i skytteltrafik, i ordets rätta bemärkelse, mellan jorden

och skeppsvarvet. Allt har gått väldigt smidigt och relativt friktionsfritt bara smärre konstruktionsfel har uppdagats. Psykologen Jan har styrt arbetet militäriskt tillsammans med Jeannette. Inget har fått avvika från planering och ritbord. Materialteamet har gjort ett strålande jobb när det gäller konstruktionen och samspelet mellan Jan och teamet. Jan klev ur sin snälla skepnad likt en ulv som kliver ur sin fåra hud. Men det behövdes ansåg Jeannette och lät det hela bero.
Naturligtvis så var militären ständigt närvarande då det ska ingå en rejäl besättning av bestyckade manssoldater, fordon och andra upptänkliga ting som hör en invasion till. Det är ju tack vare hotbilden som resan överhuvudtaget gjorts möjlig. Men skeppet Terra Goova är i första hand ett civilt forskar laboratorium.
Maria gick tyst och ensam en liten promenad på skeppet Terra Goova, skeppet som ska ta dem tiotusentals mil bort mot ett osäkert mål. Kanske de

aldrig kommer fram under deras livstid, kanske att deras arbete som är gjort och kommer att göras under resan endast är en grundplåt för kommande generationer. Maria hoppades och bad en stilla bön att Jeannettes ekvation nu stämmer. Det vore helt fantastiskt om den gjorde det, men ingenting är hundra procentigt säkert när det gäller ekvationer. Det finns alltid risk för att en eller några variabler är fel eller feltolkade. Vi har ju ännu inte löst problemet med de multipla universumen, om de existerar, vilket i sig inte alls är otänkbart, så ställer man sig ju frågan HUR TAR VI OSS DIT. Man får utgå ifrån att universum är krökt likt en vattendroppe och det som håller ihop droppen är en form av ytspänning. Denna ytspänning kan vara oerhört svår att penetrera med ren råstyrka. Det troliga är att man får använda sig av någon form av kemikalie, typ ett super agresivt handdiskmedel i torpedform. Nästa fråga är vad som finns utanför droppen? Är det ett enormt tomrum där

det endast finns ett universum, nämligen den droppe vi kom ifrån. Eller finns det fullt av droppar dvs. universum därute som bara väntar på att bli upptäckta. En annan ganska viktig fråga att ställa sig är: vad består tomrummet mellan dropparna av, vilken form av materia håller dropparna samman. Några har funderat på mörk materia eller svart energi, samma energi som tros finnas i ett svart hål. Om det nu är svart energi eller mörk materia så måste den komma någonstans ifrån, energi uppstår inte av sig själv. Hur det än är så ska det bli vansinnigt spännande att få vara med vid fronten och upptäcka allt det här.

-Hej Maria, är du ute på en morgon promenad här i kabyssen.

-Nej men hejsan Marchus, jag gick och funderade lite på hur det kommer att bli när allt är färdigbyggt och vi lättat ankar och är på väg.

-Det ska bli intressant att se hur den store diktatorn Jan har tänkt sig slutet av bygget. Han har ju klängt efter konstruktörerna som en igel och ideligen

kommit med nya direktiv, men kanske är det det som behövs för att vi ska få en lite trivsammare resa. Vi ska ju trots allt vara borta en lång tid, kanske så lång att vi aldrig kommer att återvända.
-Låt inte så dyster Marchus, det är ju tack vare dig som den här resan kommer att bli möjlig. Du knäckte ju problemet med bränslet, och det var ingen liten sak. Utan bränsle så hade den här resan inte blivigt möjlig över huvud taget. Din envishet och ditt tålamod var vad som behövdes, och du gjorde det INNAN Olga kom med in i bilden.
-Ja Olga. Vilket blåbär alltså, hon försökte mästra mig när bränslet redan var utformat. Man kan rafinera bränslet bättre och mer effektivt så här...så gick det på hela tiden. Och där hemma slet och drog man i mig ideligen:-Titta vad fint lotten har gjort på dagis och Carro har fått underbetyg i svenska.
-Tja, du kanske har rätt, jag hade nog ett litet finger med i spelet i alla fall.
-Ett litet finger? Du hade ju för tusan hela näven med i spelet, plus att du

lurade av Jeannette ett kontrakt för vidare forskning trots utbytet av personal.
-Ja, sa Markus med ett litet leende på läpparna. Jag kände mig ganska hotat när jag krävde ett skriftligt kontrakt. De nya individerna skulle ju komma in och ta över ruljansen. Men tji fick de, jag släppte inte in någon i labbet, knappt dig och Jeannette heller. Men jag saknar firmans stuga, det var en skön reträttplats. Jag tände min brasa och stirrade in i lågornas dans. Det var så fruktansvärt lugnande, nästan bedövande. Sömnen kom som en efterlängtad vän som svepte sin mjuka, varma sjal omkring mig. Jag kände mig så lugn, så trygg att jag inte kunde motstå frestelsen att blunda, bara ett ögonblick, så smack sov jag hela dagen och nästan hela natten. Det var magiskt och oerhört beroendeframkallande.
Jag saknar dem där hemma också, jag valde att lämna familjen, huset och ungarna. Fast ändå så känns det som en lättnad att ha lämnat allt gammalt bakom

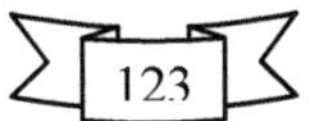

sig och koncentrerat sig på framtiden. Framtiden med Terra Goova. Det spelar ingen roll om vi skulle implodera i morgon… Jag skulle dö som en lycklig man.

Droppteorin

Kapitel 12

Utskicket

Jan satt på sin kammare och diktade ihop ett utskick som skulle nå alla som skulle komma att jobba på Terra Goova.

Ni som ska med bör tänka på följande: alla hytter är endast på 20 kvadratmeter, därför bör ni endast ta med det som ni anser viktigast. Säng och dylika möbler är redan installerade. Men kläder och personliga tillhörigheter ska med. Var försiktiga med att ta med foton och andra starka tillhörigheter. Det kommer att bli en lång resa kanske så lång så att ni kanske inte kommer tillbaka. En del minnen är tänkta att vittra bort det är bara människans enfaldhet som velat spara alla minnen på fotografier. Ångesten kan bli stor och svår om vi varje dag ser kort på våra nära och vänner utan möjlighet till att träffa dem igen.

Ännu ett råd är att om inte din nuvarande partner är involverad i projektet bör du släppa banden. Jag menar ordna det så att hus och hem

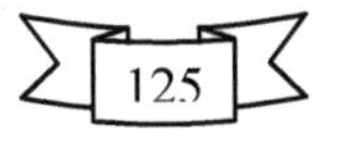

tillfaller din partner skriv över alla värdepapper och för över alla pengar ni kan tänkas ha innesittande på ditt konto. Vi måste förutsätta att den här resan är en engångsbiljett. Kanske våra kommande barn kommer att återvända men inte vi.
Varför undrar du säkert nu? Jo om du tar med dig en partner som inte har med projektet att göra så kommer denna att känna sig utanför när ni sitter vid frukostbordet, vilket i förlängningen kommer att leda till slitage i relationen er emellan. Enda sättet då för att rädda er relation är att sålla konversationen er emellan. Vore det inte bättre att komma fri, öppen och slippa dessa relationsproblem. Du kommer säkert att hitta en ny partner på Terra Goova där ni är mer jämställda varandra. Ni kan fritt öppna er och prata om dagens händelser utan att behöva tänka på att begränsa er.
Detta är bara lite vägledande information och jag lämnar beslutet öppet till dig som individ. Naturligtvis

kommer du att vara ledsen en tid, men tro mig du kommer över det och i slutändan så kommer du att se att jag hade rätt.
Det finns dock undantag då en del förhållanden är så snävt och starkt sammavirade att det inte går att nysta upp trådarna. Dessa par som känner så ska inte skilja sig åt. Jag har sett tvångsskilsmässor förut där partnerna varit så hårt sammanvirade att deras liv faller till marken likt glasskärvor. Det finns ingen terapi, ingen medicin som hjälper. De måste plocka upp skärvorna en efter en och försöka få ihop ett nytt fungerande liv. Några få lyckas men andra hamnar under psykiatrin i många år efter skilsmässan.
Men som sagt jag lämnar det upp till dig att ta beslutet, det kommer att finnas kuratorer och psykologer för er som behöver mental avlastning.
Jag önskar er alla lycka till så ses vi snart ombord på Terra Goova. Vi kommer att påbörja ombordlastningen av passagerare om 4veckor. Vi har 4st

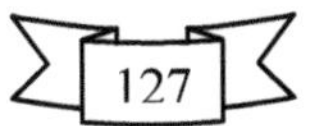

rymdfärjor som kommer att åka i skytteltrafik tills alla är pålastade.
Bry er inte om att ta med några pengar, checkar eller kreditkort ombord på Terra Goova då de är helt obrukbara. Vi kommer att ha ett helt annat system för en belöningsaxel, och alla börjar på noll.
Jag önskar er alla lycka till.
Sänd!
-Jaha, då hoppas jag alla tar det hela på största alvar. Jag menar varenda mening jag skrivit.
Skulle smaka fågel med en slurk kaffe nu. Jan slog ihop sin dator och gick ner till kafeterian. Han tog en stor kopp kaffe och en cellofan inslagen kondisbit. Han gick och satte sig vid ett fönsterbord och smuttade lite på kaffet. Är det inte fantastiskt så många stjärnor det finns därute, och så lite vi vet om dem. Vi tror att vi vet så mycket men egentligen är vår kunskap lika stor som en harspillning är i förhållande till universum.
-Hej Jan, är det okej om jag sätter mig ner, känner inte för att vara ensam just

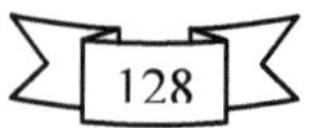

nu. Jan tittar upp, det var Jeannette som stod där och tittade ner på sin bricka med en kopp kaffe och köttbullemacka.
-Självklart sätt dig. Du ser en aning ledsen ut är det något som har hänt?
-Nej då, jag är bara så omtumlad över hela resan. Jag hoppas att vi räknat rätt i den nya ekvationen. Det är så många liv som hänger på vår fyras kunskap. Varje kunskap sitter i var sitt hörn och bildar en osynlig fyrkant, faller en bort så rasar hela projektet.
-Du ska se att det släpper när vi väl börjar hämta upp folk. Affärerna på Terra Goova kommer att öppnas och det kommer att bli liv och rörelse. Det kommer att bli som en liten stad. Du ska se att din ångest släpper.
Jeannette tog en klunk kaffe och tittade ut över stjärnspelet. Tänk vad små vi är och hur kaxigt vi har tänkt oss den här resan.
Tja, vi är inte så stora men har en vilja av stål.
-Tänk så mycket som har hänt sedan Columbus upptäckte Amerika. Alla sa

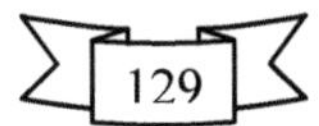

att det var en dödsdömd resa, ändå tog han rodret och hissade segel. När han kom tillbaka blev han hyllad till hjälte… Tror du vi kommer tillbaka och blir hyllade som hjältar.

-Nej, det här är en engångsbiljett ut i det okända. Ingen utom vi själva kan hjälpa oss om något går fel.

-Jag är lite svagt insatt i den nya belöningsaxeln, hur kommer den att fungera? Alla måste ju få mat i magen.

-Jo, istället för tryckta sedlar och olika valörer så är det tänkt att från början får alla ett plastkort laddat med 20 000crediter. För att översätta det till kronor så är det ungefär 200.000 kronor. Sedan kommer alla att få en lön baserad på arbetsinsats, inte beroende av hur mycket du har studerat utan hur många timmar som du har arbetat en månad. Det kommer inte att finnas några fackförbund utan alla är anställda av terotialvattnet Terra Goova. Så när någon inte ”behövs” längre så finns det alltid ställen där behovet av arbetskraft är större.

Droppteorin

-Det var ingen dålig grundplåt
-Nej, men det är heller inget dåligt offer som varje medarbetare gjort. Ge upp allt det välkända och ge sig ut på en resa rakt ut i det tomma intet, det är inte lite vi begär av våra anställda.
-Nej men det är ju ändå alla individers fria val som ligger som grund till att följa med oss ut i det okända. Och jag tror att just det okända eggar de flestas beslut till att följa med. Jag tror att alla som fått vår invit och accepterat den känner sig lite speciell och utvald.
-Jo visst, det du säger stämmer säkert men det är ändå en stor uppoffring som varje individ gör.
-Jag han precis läsa ditt utskick innan jag gick iväg till cafeterian. Det var hårda puckar.
-Jo, men ska människorna klara av sin livs-situation ombord på Terra Goova så krävs det ju att förutsättningarna är rätt från början.
-Ja visst du har rätt och du gav faktiskt varje passagerare ett fritt val. Det var ju bara ett råd-givande förslag du kom med.

-Ja jag tycker att familjesituationen är viktig och att släpa med sig någon anhörig som inte har med projektet att göra kan bli en död vikt som bara släpar efter och gör livet mycket tyngre än vad som är nödvändigt.
-Gud vilket gott kaffe de har här. Hoppas det är lika gott ombord Terra Goova också.
-Borde det vara eftersom det är anlagt en skaplig kaffeplantage. Alla grödor som finns på jorden och som vi brukar använda kommer att odlas ombord. Enda skillnaden från jorden är att vi måste använda oss av konstgjort ljus i väldigt hög energi. Men det är ju allas energi och energi har vi gott om ombord Terra Goova.
-Nej du, nu är det noppa dags. Jag antar att alla eller de flesta har sett ditt meddelande vid det här laget. Usch vilka svåra beslut de har framför sig.

Droppteorin

Kapitel 13

Avgångshallen

Fyra veckor har gått och det är dags för transporten av passagerarna och deras packning.

-Men älskling det kommer inte att fungera. Jag kommer att jobba och du skulle få sitta i hytten hela dagen, det går inte.

-Jag älskar ju dig. Alla planer vi har haft är de inget värda alls?

Så gick samtalen i hela avgångshallen. Det var som om en trupp marinsoldater skulle iväg med ett stort hangarfartyg, där män och hustrur skils vinkande åt. Men det hela gick annars väldigt smidigt tillväga. Skeppet har 20 våningar med mysigt inredda hytter. Alla hytter har ett stort panorama fönster, eller rättare sagt en stor skärm som var kopplad till en kamera som visade live uppspelning av rymden utanför sitt ”fönster”. Därför har också rymdfärjan 20 st våningar med en utgång till varje våning. Där möttes de av 50 väninnor per våning som tog emot passagerarna likt värdinnorna som tog

emot passagerarna på ett lyxfartyg. Alla ska känna sig speciella och varmt välkomna.
Samtidigt som folk steg på Terra Goova så steg folk av nästa rymdfärja och så höll det på dygnet runt.
När allt bagage och passagerare var installerade så höll kaptenen ombord ett högtidligt tal som gjöt inspiration och mod i alla nyanlända lite vilsna själar.
Marcus tog Marias hand och lite gråtmild sa han nu börjar resan. Jag känner att jag gjorde rätt som lämnade fru och barn hemma. I slutändan så tjänar vi nog alla på det.
-Jag tror också att ni alla tjänar på det. Din fru får ju också chans till en nystart i livet, eller hur? Det är ju ingen liten kryssning som vi åker på utan det är ju blodigt alvar, det är en enkel biljett till något som vi inte vet vad det är. Vi är nutidens Christoffer Columbus, på väg att upptäcka Amerika. Enda skillnaden är att vi vet att vi inte kommer tillbaka, Columbus skulle ju återvända och berätta om sina bedrifter. Kanske att våra

barn som vi får kommer att kunna vända skutan och förmedla all den nya kunskapen som vi lärt oss under resan. Bom, skrap, gnissel hela skeppet vibrerade och skakade. Det ni hör är mobilen som taxar ut Terra Goova på öppet hav. Vi kommer att vara färdiga för avgång om ca: 12timmar, sa en röst i högtalaren. Bli inte upprörda om era klockor och mobiltelefoner slutar att fungera. Det beror på det kraftiga magnetfält som alstras i starten. Ni får alla en ny klocka och mobiltelefon som klarar magnetfältet. Här ombord på Terra Goova finns det endast en mobiloperatör och en sorts master. Det går alltså inte att ringa på sin gamla telefon även om den skulle klara strålningen från magnetfältet. Släng klocka och mobiltelefon i kärl avsedda för detta.

Lite nytt är att alla butiker och affärer ägs av ett enda bolag ”Terra Goova Enterprise”. Alla priser är satta efter självkostnadspris. Det blir alltså ingen vinstmarginal utöver marginalen för

fondering av kapital. Som är till för att förnya och återväxa i nya produkter. Om ni börjar bli hungriga och lite småsura så är restaurangerna öppna på varje våningsplan. Ni kan begagna ert bankkort genom att betala för maten med det. När ni har ätit så kan ni i lugn och ro installera er i hytterna där all finner in er packning. Slut på meddelandet.
-Det känns väldigt likt en finlandsfärja måste jag säga.
-Dumsnut, vi är ju seriöst och flitigt arbetande forskare. Skulle väl aldrig falla oss in och vara lite lay back? Den tanken är så långt ifrån verkligheten som man kan komma, Maria blinkade lite med ena ögat. De båda gick i maklig takt bort mot restaurangen. Det var ett hav av människor som precis nu hade bestämt sig för samma sak.
-Nej sa Markus. Fet glöm att jag ställer mig i den här kön nu. Jag går bort till hytten i stället och börjar packa upp mina saker, jag käkar senare.
-Men du Marcus? Det fanns en smörgåsnisse borta hos mig som sålde

lite enklare mackor med kaffe till. Ska vi testa och ta en liten fika innan vi ger oss i kast med uppackningen av våra saker?
-Tja idén är inte så dum, men vart bor du då? Jag menar jag ska ju traska tillbaka till min lägenhet senare
-Vi tar en trolley bort till fiket, så kan du ju ta en trolley tillbaka.
-Finns det taxi ombord också, herregud de har verkligen tänkt på allt. Självklart tar vi en trolly Maria. Så kan vi väl ta en fika borta i din lägenhet?
Maria tog upp sin nya telefon och knappade fram telefonnumret till taxi. Och det tog inte många minuter innan den stod framför Marias och Marcus fötter. De klev in i den förarlösa bilen och susade ljudlöst fram. Den stannade framför Marias bostads komplex. De båda stod en liten stund och bara häpnades över storleken på komplexet. De gick fram till smörgåsnissen som stod parkerad framför huset. De beställde båda en smörgås och en kopp kaffe.

-Vi går väl upp till mig en sväng eller vad tycker du, fick Maria fram trevande.
-Javist vi måste ju utforska hur det ser ut på insidan också… Vi är ju forskare trotts allt.
-Då ska vi se på namntavlan vilken våning och lägenhetsnummer jag har. Där lägenhet 302 våning tre & lägenhet 2. Där är hissen kom nu. Maria och Marcus sprang snabbt bort mot hissen. De båda kom snabbt fram till Marias lägenhet. Maria provade försiktigt sin nyckel och den passade. De båda gick in och Maria flög upp i sängen och utbrast Gud va skönt att äntligen vara på väg. Marcus höll med och tittade sig lite mera om.
-Det här kan bli en riktigt mysig lya du Maria.
-Mmm, den här sängen är underbart skön alltså. Hur ser det ut i köket då frågade Maria.
-Lite kalt kanske men du har väl dina egna grejor nerpackade.
-Jo jag får fixa det i sinom tid. Köksbordet är i alla fall fixat och står på

plats. De satte sig ner och smuttade på sitt kaffe och inmundade smörgåsen som de hade köpt tidigare.
-Mmm, gott kaffe har de ombord i alla fall silade marcus fram mellan klunkarna.
-Mackan var inte dålig den heller sa Maria.
De smaskade i sig sitt fika och Marcus började känna att han var lite sugen på att se hur hans boende ser ut.
-Kan du hjälpa mig med att ringa efter en trolley Maria?
-Självklart kan jag det, hon tog upp sin telefon och flipprade fram numret. Den är här om några minuter sa Maria.
Då traskar jag ner igen. Ha det gott så kanske vi hörs av i kväll.
Marcus susade iväg i sin trolley.
Herre min skapare vika bostadskomplex, man kan nästa tro att arkitekten som ritat dem hade vissa komplex själv.
Trollin drog iväg med Marcus en bra bit utanför centrum, den svängde in och parkerade framför ett sött litet radhus med röda väggar och vita knutar.

Droppteorin

-Ska jag bo här? Chaufför är detta verkligen rätt adress? En röst från bilen konfirmerade hans fråga, varpå han steg ut.

Herre min skapare vilket flott hus alltså. Han likasom Maria var lite trevande med nyckeln, men den passade. Så Markus traskade in i huset och mycket riktigt där var alla hans saker ordentligt instuvade. Han satte sig i köket där hans köksbord och stolar monterats ihop. Vart ska jag börja? Han fick tag i en låda som det stod sovrum på. Däri låg lakan, kuddar och täcke. Han började pula med påslakanet och höll på tills hela sängen var bäddad. Han kastade sig i och plötsligt kändes varenda lem och muskel tung. Han blundade bara för ett ögonblick så smack så sov Marcus lika sött som ett nyfött barn.

Kapitel 14

Planetariet

Marcus vaknade till av en fanfar av musik som efterföljdes av Jeannettes glada stämma.

-God morgon jag hoppas att ni alla har sovit gott. Som ni märker så har skakningarna och vibra-tionerna i skeppet upphört vi glider nu fram i 1G. Det är den hastigheten som behövs för att vi ska ha en så jodnära gravitation som möjligt.

Vidare så har alla, utom de som jobbar aktivt med skeppet och service inrättningar så som affärer och dylikt, en månads ledigt för att göra sig så hemtam som möjligt. Vi har alla fått lika mycket crediter på våra plastkort. Var rädda om dem och sätt undan en god slant till sparande.

Slut på meddelandet!

Jaha, då hurtar vi in i duschen då. Ska bara sätta på lite kaffe… Jädrans jag handlade ju inget igår och inte vet jag i vilken låda som bryggaren står i. Jag ringer Maria.

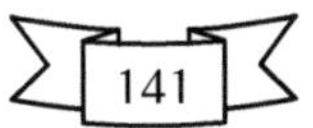

Droppteorin

-Hej Maria det är Marcus, fan jag sitter likasom torrlagd på den mest nödvändiga drycken av de alla…kaffet.
-Ja jag stod själv inför samma problem.
-Du, jag tar en trolley till dig så fikar vi hos han smörgåsnissen. Sen kan vi göra våra efterforskningar på matvaror och hushållsmaskiner. Jag ska bara duscha, vi kan väl bestämma att vi ses om en halvtimme nere hos smörgåsnissen.
-Okej, vi säger det så länge.
Marcus hoppade in i duschen och kom utspringandes i ett illvrål. Fan det är ju en vattendusch. Gud så äckligt och nu fryser jag som en hund. Men jag måste ju duscha för att vara någorlunda fräsch. Marcus vred lite på termostaten och kände med viss misstänksamhet på vattnet, jodå det här är nog en bra temperatur mumlade han för sig själv. Han steg in i den plaskvåta duschen och kände att han började slappna av i takt med att värmen borrade sig djupare in i musklerna. Han lyfte blicken en aning och upptäckte 2st flaskor som hängde i en korg ”Duschtvål” och

"duschschampo". Ja ja har man tagit fan i båten så är det väl bara att ro tänkte Marcus. Han gnossade in både huvud och fötter i dessa trögflytande men välluktande vätskor. Han klev ut ur duschen och torkade sig mycket noggrant och letade upp några nytvättade paltor, varpå han ringde efter en trolley. Han kom fram till Marias komplex och såg henne utanför ingången till smörgåsnissen. De gick in och beställde sin frukost. Plötsligt upptäckte Maria att Marcus kliade sig frenetiskt på kroppen och huvudet.

-Hur är det fatt Marcus du ser ut att ha en plågsam klåda.

-Ah, det är nog den där jäkla vattenduschens fel.

-Du tvålade väl in dig med duschcreme och schampo?

-Jodå och allt mycket noggrant. Jag såg till att torka bort allt mycket nogsamt också, så det kan inte vara medlens fel heller.

-Maria var mitt i en sörpling kaffe när hon sprutade ut en kaskad kaffe rakt över

Marcus. Hon skrattade så hon tappade andan till slut fick hon fram, alltså man brukar skölja av sig cremerna i vattnet **innan** man går ut och torkar sig.
-Tyst , tyst, sch, sch för fan det här är ju dö pinsamt alltså. Kan jag få skölja av mig uppe hos dig. Jag fixar inte den här klådan alltså.
-Ja då, ta med dig din macka och kaffet så fixar vi det direkt.
-Det tar bara några minuter, tack snälla.
-Inga problem.
När Marcus kommit ut ur duschen så bad han Maria att inget säga till någon…
-Jag lovar och det här är nog det närmaste jag har kommit en naken karl på väldigt länge. Röst läget och ärligheten växte för varje ord. Hon var less på att alltid vara ensam, att aldrig ha någon som är varm och go när man är trött. Hon saknar någon som man kan dela livet med, någon som ligger på samma nivå yrkesmässigt, någon som förstår att man ibland jobbar sent. Att man ibland inte orkar vara så där perfekt och sexig. Att man ibland är så

frustrerad att man bara vill skrika. Men det man egentligen behöver mest är en varm kram.
-Jaha, ska vi börja med hushållsartiklar först och sedan gå över på käket. Tänkte att jag kunde få bjussa på lunchen som tack för hjälpen.
-Jag ringer efter en trolley, sa Maria.
De gick ner och väntade på taxin. De klev in och blev skjutsade till ett gigantiskt supermarket där alla skeppets butiker fanns.
-Wow, utbrast Maria
-Du nu är det hushållartiklar och mat vi ska ha. Trosor, boddysar och teddisar får du fixa utan mig.
-Okej, okej.
-Jern & Johnsson finns här, dom brukar ha bra grejor.
-Tja det duger väl lika bra som något annat. Är det kaffebryggare och sådant de har här?
-Nej, nej, det är pannor och koppar och sånt som de har. Maskinerna får vi nog hitta någon annan stans.

Droppteorin

De båda traskade in och kom ut igen med två riktigt stora bärkassar fyllda med kaffekoppar, tallrikar ja allt möjligt som hör hushållsdelen köket till.
-Nu är det dags för maskinparken sa Marcus med en glad stämma.
-Du börjar komma in i shopohollikstuket, jag gillar det. Du är så avspänd så naturlig.
-Det måste vara duschen sa Marcus lite tyst.
-Mpfrua, Maria kunde knappt hålla sig för skratt. Du har nog rätt i det. Men jag tror att om du provar lite olika sorters duschcreme så kommer du att kunna njuta lite av duschen.
-Nu lämnar vi den diskussionen, vi är ju två högt ansedda forskare inte skjutton förväntas vi lära oss hur man duschar.
-Där verkar det vara en stor affär som säljer kaffebryggare, tvättmaskiner, ja rubbet. Vi kan säkert få det hemkört och installerat mot en billig penning också.
-Tja, ser ut att vara en helt okej affär, vi går in och pratar med dem.

Droppteorin

Jodå, de kunde få alla varor de ville ha hemkörda, faktiskt så gällde det alla butiker i hela varuhuskomplexet.
-De tog med sig expediten och började välja och vraka bland maskinerna.
Marcus tyckte inte att det kändes så viktigt med en diskmaskin men var mer tänd på den självgående damsugare.
Maria däremot ville ha en lila diskmaskin och gula tvätt & torkmaskiner.
Marcus nöjde sig med en vit tvättmaskin & tumlare av standardormat.
När de kom bort mot datorerna däremot så blev Marcus eld och lågor, han skulle ha det bästa. Inget annat skulle komma in i hans hem.
Maria däremot tog en laptop av lite bättre modell och nöjde sig med det.
När allt var betalat och klart inmundade de båda en välbehövlig lunch.
-Suck sa Marcus. Nu orkar jag inte mer shopping idag, jag tror inte jag kommer att göra mer idag än att vänta på mina grejor, är det okej om vi tar var sin trolley hem.

-Nej, svarade Maria. Jag är också väldigt trött, men vi behöver handla lite mat också, annars har vi ju ingen större användning för allt husgeråd vi köpt. Det ligger en butik där borta ser jag, kom nu.
-Ja jag kommer sa Marcus lite trött
-Marcus gick in i affären och gjorde en standard shopping men kom plötsligt ihåg att han inte hade någonting hemma att varken äta, städa eller gå på muggen med. Han plockade snabbt ihop sina grejer och gick mot utgången. Du Maria jag är jättetrött, är det okej om vi tar varsin trolley hem. Jag vill bara lägga mig ner en stund, och vänta på maten och grejorna.
-Vi kanske kan ses i morgon svarade hon samtidigt börjat gå mot utgången med sina påsar.
Det stod faktiskt en hel rad med trolleyer efter parkeringen de tog var sin och åkte iväg hemåt.
Väl hemma så flög Marcus ner i sängen gud så skönt att vara hemma…När grejerna är installerade så ska jag nog ta

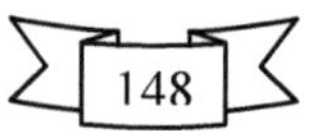

mig en liten promenad och se mig om lite.

Kapitel 15 Resan med Terra Goova

Shopoholik

Marcus strosade runt lite i sitt bostadsområde allt var så nytt, så fräscht och det lilla söta radhuset som han fått tilldelat sig var så charmant.
Han fick syn på en hiss han inte hade sett förut. Det var en hiss till de 12 övre däcken, de tre översta var nöjes däck och det kostade lite olika beroende på vart du skulle. Han ögnade snabbt igenom vad som fanns på de olika däcken och kom fram till utsikten, den ville han prova. Det kostade bara 2 crediter och där fanns en bar, en cafeteria och en restaurang. Han stoppade in sitt kort, tryckte in sin kod och identifierade sig med tummavtryck och id-kod. Hissen susade snabbt upp Marcus till ett planetarium. Han satte sig ner och blev chockad över den överväldigande syn av alla planeter och månar, stjärnor som likt avlägsna småblink visade sig.
-Varsågod här är menyn sa en trevlig kvinnoröst Marcus tittade ner och såg att det var ett fullspäckat utbud.

Droppteorin

-Han ropade tillbaka den unga tjejen och bad om en kopp kaffe med köttbullemacka och rödbetssallad.
-Ja visst svarade servitrisen och gick med raska steg bort till köket och kom snart tillbaka med smörgåsen och kaffet.
-Är det lika gott kaffe som det varit tidigare frågade han den söta servitrisen?
-Ja visst. Det finns bara en odling med kaffe och det är den ni dricker av nu.
-Tack så mycket, sa Marcus samtidigt som han med spänd blick tittade ut över stjärnhavet. Han sörplade i sig sitt kaffe och åt sin smörgås med god aptit. Så det är det här som vi jobbat och slitigt för. Avskeden, tårarna och ångesten. Var det verkligen värt det? Kanske, kanske inte men jag ska göra varje dag mer värd än den förra. Jag tror att vi har haft en oändlig tur som fått följa med Terra Goova på sin jungfrufärd genom kosmos. Alla timmar vi spenderat i labbrum, mattestugor och låtigt materialteamet plocka fram den ena modellen efter den andre, VI MÅSTE GÖRA DET VÄRT DET.

Droppteorin

Marcus sörplade lite på kaffet, jo då det var precis lika gott som tidigare. Han åt upp sin smörgås och tog hissen ner igen.
-Nä du Marcus nu går du hem och lägger dig. Sagt och gjort så gick han den kortaste vägen hem och la sig i sin säng och blundade. Han hade sin brasa framför näthinnan. Lågorna dansade likt huluahula tjejer från Hawaii, smack så sov Marcus och vaknade inte förens det ringde på dörren och hans grejer han köpte tidigare anlände. Han lät gubbarna ställa in allt i köket.
Marcus började lite trevande att packa upp maten då en del var kylvaror. Sedan låg det nära till hands att packa upp och ställa in alla köksredskapen. Snart var allt uppackat och instuvat i diverse skåp…
-Gud va skönt, äntligen har jag flyttat in. Låt gå att det mesta av grejerna inte är mina Jag får helt enkelt göra dem till mina. Spilla lite chokladsås på sängmadrassen, eller knäcka en pizza vars flott rinner ut på den nyinköpta kritvita creeps'-duken.

Droppteorin

Marcus ringde snabbt till Maria för att höra om hon fått sina grejer än.
-Hur har det gått Maria, har du fått grejorna än.
-Nja, vem är det jag talar med?
-Det är ju jag Marcus, du vet han som du släpade runt på tidigare idag i diverse varuhus på jakt efter föda och potterier.
-Hej Marcus, jodå grejerna har allt kommit men orken och temperamentet klarar inte av att göra allt ikväll.
-Maria sätt dig ner och vänta så ska jag hjälpa dig. Jag är hos dig om 15minuter.
Marcus fixade fram en trolley och var snabbt framme hos Maria. Marcus såg att Maria var helt slutkörd.
-March i säng
-Men jag ska ba…
-Det kan du göra sedan nu ska du vila.
Marcus gick ut till köket och där stod hennes grossvaror både frysta och torkade. Han öppnade frysen och började langa in det frysta käket (allt var inte fryst utan en del hade tinat, men Markus tyckte inte att det spelade någon roll). Torrvarorna åkte också in i diverse skåp

som var avsedda för detta. Kastruller och stekpanna åkte in i skåpet med gallerhyllor. Han packade upp allt elektriskt så som kaffebryggare, brödrost osv.

När allt var klart gjorde han i ordning en sats scones och satte på en panna kaffe. Han dukade upp bordet med marmelad och bordsmargarin. När sconesen och kaffet var klart så gick han in till Maria och strök henne över pannan.

-Jävlar jag har ju den frysta maten i köket…

-Det är lugnt det är fixat.

-Men köttet då fan det är förstört.

-Varva ner sötnos. Kom vi går ut i köket och tittar efter. Din diskmaskin installerar jag i morgon.

Doften av scones och nybryggt kaffe slog emot Maria.

-Men Marcus, du har ju gjort allting ju, och levande ljus i ljusstakarna jag köpte.

Hon vände sig om och gav Marcus en bamsekram, inte en kram som man knappt nuddar varandra utan en kram

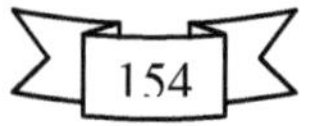

som är hård och lång. Det rann en tår av lycka och stressbefrielse.
Maria kröp ner i en av stolarna som hon köpt svindyrt.
De åt av sconesen och drack av kaffet vilket gjorde de båda konstigt trötta de tittade ut och gatorna badade i dagsljus.
-Öh, du Maria vi får nog ta upp det här med att belysningen måste skifta efter jorddygnstiden. Klockan är elva på kvällen och det är ljust som om solen stod mitt i cenit.
-Maria gäspade och sa jag vill nog krypa ner i sängen nu...kan du inte sova över, jag menar bara som en kompis.
-Jo, visst. Känns det jobbigt att vara själv?
-Suck, ja om du viste vilken ångest jag har haft ikväll. Så mycket som skulle fixas och så du som räddade mig från hela invasionen av saker.
-Okej har du någon extrasäng jag kan låna eller är det soffan gäller? Marcus gick fram till soffan och gav ut ett flatskratt, det är ju bara en tvåsitsig soffa med en fåtölj till. Om jag ska sova över

så får du nog dela med dig av dubbelsängen. Marcus fick inget svar så han gick runt och tittade efter i lägenheten och hittade Maria snusandes i sängen. Hon låg invirad i täcket så bara huvudet tittade upp. Hur fanken ska jag göra med kläder och så tänkte Marcus, det får bli att sova med kläderna på. Han kröp ner under sin del av täcket men innan han släckte lampan ville han se hur mycket kläder Maria hade på sig. Han lyfte lite på täcket och mycket riktigt så låg hon i bara trosorna. Kan bli en gemenskap att lita på det här tänkte Markus samtidigt som han puffade till kudden och drog på sig täcket, det kan också bli väldigt, väldigt komplicerat. Morgonen kom som den alltid gör och Marcus vaknade till doften av kaffe. Han tittade upp och bort mot andra sidan av sängen, den var tom. Han skuttade upp ur sängen och gick bort mot köket; -God morgon fick Marcus fram mellan gäspningarna. Har du sovit gott.
-Jag sov som en stock sa Maria fram tills för en kvart sedan. Jag visste inte vad du

ville ha till frukost så jag gjorde lite kaffe och värmde några frallor.

-Det blir kannonbra svarade Marcus. Mår du lite bättre nu då, jag menar har ångesten släppt efter det att du fått sova lite.

-Ja, nu mår jag som vanligt igen, måste ha varit omställningen, och detta förbannade dagsljus som är på dygnet runt. Det är ju så man kan bli knäpp.

-Jag ska snacka men Jan om det. Han om någon borde ju veta att man inte mår bra av att inte få någon dygnsrytm, han är ju trots allt psykolog.

Droppteorin

Kapitel 16

Marcus går bakom kulisserna!

Marcus sökte upp Jan för att reda ut diverse saker, t. ex. varför inte dagsljus går över i nattljus vidare intressant är ju exakt hur många crediter man kan tjäna i timmen?

Han klev fram till Jans sekreterares disk.

-Hur kan jag hjälpa dig?

-Jo jag har något brådskande som jag måste ta upp med Jan. Du förstår jag ingick i ett forskningsteam nere på jorden. Där lärde jag mig känna Jan. Jag är en av dem fem som fick biljetten till rymdskeppet Terra Goova, skeppet vi nu står på.

-Tyvärr så måste jag träffa Jan nu idag. Det gäller en enkel inställningssak. Du kanske har märkt det själv. Vi har ett konstant dagsljus dygnet runt. Personligen så tror jag att jag håller på att bli galen. Så om du är snäll och tittar på din lilla dashboard så kanske du hittar ett mellanrum på 1minut.

-Mja, det är tajt det är det. Men vad jag förstår så är det ett väldigt snabbt ärende

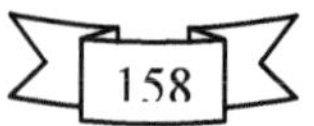

plus att Jan känner dig personligen...Låt se han har faktiskt en lucka på omkring 15minuter om ca:1/2 timme. Känn dig premierad och lycka till. Oss emellan så har hela min familj lidigt något fruktansvärt av det konstanta ljuset.
-Ja jag hoppas verkligen att det bara är en inställningssak. Jag sätter mig i väntrummet här borta.
-Ja gör det så dirigerar jag Jan dit när han dyker upp, det finns några tidningar och förhoppnings-vis en skvätt kaffe där.
Marcus gick och gjorde sig hemmastadd i väntrummet. Det spelades sammetslen och avstressande musik, och det låg några halvintressanta tidskrifter på bordet. Där fanns ett rejält akvarium med fina guldfiskar.
Jan sprang förbi sin sekreterare så rocken stod rakt ut.
-Jan, hallå Jan ropade receptionist.
-Ja, vad har du på hjärtat.
-Det sitter en man som heter Marcus och väntar på dig i väntrummet.
-Marcus, Marcus vem är det frågade en oerhört stessad Jan.

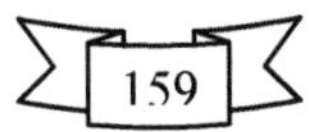

-Han säger att han jobbade med dig på jorden med rymdprojektet.
-Ja, nu klickade det till. Vad vill han?
-Några teckniska frågor angående ljuset osv.
-Jan stegade in i väntrummet och sa med hög röst, MARKUS.
-Ja det är jag. Så bra att jag får tala med dig. Jag vet att du är mycket upptagen men om du kunde sitta ner ett par minuter.
-Kom vi sätter oss ner i mitt rum.
De båda traskade bort till Jans kontor.
-Vad var det du ville nu?
-Först och främst så undrar jag om det inte går att få sollamporna att styras efter jorddygnet. Som det är nu så lyser de dygnet runt i full styrka. Jag menar skymning natt och gryning borde väl bara vara en inställningssak eller hur? Vi som lever i det håller på att bli galna över dygnsrytmens tillintetvarande.
- Jan tog fram sin fickdator och mumlade ändra dygnsrytmen efter jordens timmar likt Spanien. Jag gillar Spanien förstår du. Så jag hoppas du har kortbrallor och

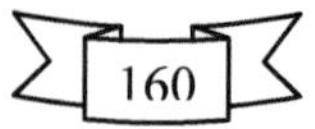

badbyxor med dig för termometern kommer att ta ett litet skutt uppåt. Var det allt?
-Nej jag undrar lite över dessa crediter.
-Ja.
-Hur mycket kan man tjäna i månaden.
-Vi har grubblat över det här och kommit fram till att en 40 timmars vecka bör ge 11000 crediter efter skatt. Det ger alltså en lön på 69 crediter i timmen.
- Och alla tjänar lika mycket i timmen oavsett befattning?
-Japp, det stämmer. Jag tror att motivationen är lite olika hos olika individer. En del tycker om att få en hög lön och måste därför jobba betydligt mer timmantal. Andra tycker att livet är för dyrbart för att arbetas bort, man vill leva. Andra tycker att sitt arbete är så intressant att man av den orsaken går till jobbet. Så du ser belöningsaxeln ser lite olika ut från människa till människa, högre lön fler arbetstimmar, mindre lön mer fritid, Intresse av jobbet mellan lön.

Nej nu måste jag gå. Jan reste sig upp varpå Marcus fann sig och frågade om Jan kunde fixa belysningen idag.
-Jadå det är bara en teknikalitet, så det borde vara fixat till eftermiddagen.
Tack Jan, jag kommer nog att sova som en stock inat.
-Hejdå, sa Jan och hastade ut i korridoren.
Marcus gick fram till receptionisten.
-Nu ska lampfrågan vara löst. Jan pluttrade in det i sin fickdator och han trodde att det skulle vara löst till i eftermiddag.
-Gud vad skönt, Äntligen en natts god sömn.
-Hej då.
Marcus ringde efter en trolley vilken kom snabbt som vanligt. Han styrde kosan mot Maria och ringde snabbt för att tala om att han var på väg.
Han kom fram till Marias våning och skulle precis ta i handtaget till Marias dörr när han hejdade sig. Vad håller jag på med tänkte Marcus? Jag bor inte här, Maria och jag är ju inte ens ett par. Jag

kan ju inte slita upp en kompis dörr utan att ringa på.
Marcus ringde därför på dörren i stället. Varpå Maria öppnade.
-Nej men hej Marcus, kom in i stugan vett ja. Träffade du Jan envåldshärskaren eller fick du ingen audiens idag.
-Jag hade tur och fick träffa honom idag, men gud vad stressad han var. Han skulle åtgärda problemet med nattljuset så att vi fick samma dygnsrytm som det är i Spanien. Med soluppgång och solnedgång, gryning och skymning.
-Gud så skönt, kom in så tar vi en fika.
-Jag köpte med mig lite fikabröd från smörgåsnissen här nere. När Maria sträckte sig efter påsen med bullarna tog Marcus hennes hand ömt och försynt.
-Snälla goda Maria, jag måste erkänna en sak jag kan inte hindra det längre. Jag har känslor för dig, jag vill dig så mycket gott. Jag vill vara med dig jämt, när vi är ifrån varandra så tänker jag på dig konstant. Försöker tänka ”Markus du är bara Marias kompis inget mer är utlovat”, men känslorna som jag har för

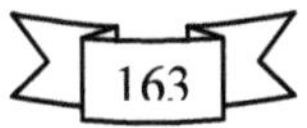

dig hugger i bröstet. Jag är så glad när jag kommer till dig och så ledsen när jag går hem. Du betyder mer för mig än vad en ”kompis” skulle göra. Detta är inga känslor som kommit över mig plötsligt utan de var närvarande på jorden också, de var bara inte så starka som de är nu. Om du vill att jag ska gå nu så gör jag det men om du ber mig stanna så kan jag lova dig att vi kommer att uträtta stordåd tillsammans.
Marcus blev tyst i dörren och väntade på ett svar. Maria tog hans utsträckta hand och ledde in Marcus till köket där de satte sig ner.
-Marcus, jag har känt likadant för dig både på jorden och här på Terra Goova. Men jag har aldrig vågat säga något rakt ut. Men jag har också blivigt ledsen när du gått din väg och lycklig när du kommit.
-Så vad gör vi nu??? Frågade Marcus.
-Jag tycker vi helt inofficiellt flyttar ihop.

-Okej… då tycker jag att vi tar en tur hem till mig så får du välja vilket boende som passar bäst.
-Jag trodde att alla bodde i liknande bostadskomplex som detta.
-Det trodde jag med, men det gör inte alla. Ring efter en trolley så får du se en annan del av Terra Goova.
Trollyn kom och Marcus sa sin adress. Marcus tog Marias hand, den var så varm, så mjuk.
Men gud vilka hus det ligger här, utbrast Maria när de åkte igenom villaområdet som ligger före Marcus område.
-Nu sa Marcus är vi framme.
-Är det här du bor, ett radhus, du fniss.
-Ja jag vet det är ju inte precis min stil men så är det i alla fall. Tycker du om det?
-Öppna dörren så jag får se insidan. Vilka rum och vilket kök alltså. Och sovrummet vilken säng, med gavlar och sänghimmel.
-En liten finnes finns i det här rummet som jag tror du är van vid sedan vi levde på jorden: Marcus förde handen över en

lins i väggen ”Swisch” ut for garderoberna.
-Alltså vilken kåk du har Marcus.
-Kan bli vårat hus om du vill.
-Klart att jag vill…men hur ska jag få hit mina saker?
-Det finns en flyttfirma som vi kan anlita nu i eftermiddag om du vill.
-Men gud då måste jag hem och packa.
-Lugn och fin nu, de packar flyttar och installerar. Vi behöver bara åka hem till dig och låsa upp dörren så pekar du ut de grejorna du vill ha med dig. Jag ringer efter en trolly.
-Marcus jag tror att jag älskar dig.
-Och jag är helt dränkt i förälskelse i dig. Maria vi kommer att få det bra ihop. Vi kommer båda att ha ett uppslupande jobb med mycket övertid och så. Skillnaden från förhållandena jag har haft på jorden är att det inte funnits förståelse för de långa arbetsdagarna. Vi kommer att kunna kommunicera vid middagsbordet helt öppet om vad som hänt på jobbet utan att den andre känner sig utanför. Där är vår trolley

Droppteorin

-Jag ringer till flyttfirman och kollar om de har möjlighet att komma redan idag. De kan komma nu på stubben de har en lastbil i mitt område redan nu. Vi är nog framme ungefär samtidigt.

Nej men har man sett de är redan här och står och väntar.

Maria sprang ut ur trolleyn innan den han stanna. Halloj Det är mig ni ska hjälpa med flytten.

-Ska vi gå upp då så du får visa oss vad som ska flyttas.

-Javist, vi tar hissen till tredje våningen så ska jag visa er. Marcus kom lite på efterkälken så han tog trapporna istället.

-Den byrån vill jag ha den ska stå i hallen borta vid huset. Och så gick det på. När de var klara så tog Maria Marcus hand och nästan viskade, snälla svik mig inte nu.

-Inte en chans. Du värmer mitt hjärta varje gång jag tittar på dig.

Droppteorin

Kapitel 17

Upptäckten

Maria gick igenom sina saker och bestämde vilka som skulle upp på vinden och vilka som skulle vara kvar i lägenheten.

-Öh, Markus. Ett litet bekymmer har kommit över mig. Jag ser att du inte har installerat dina vitvaror än…är det okej om jag tycker att mina är finare än dina och vill installera dem istället för dina?

-Ja herregud ja, bara jag får behålla min dator så får du inreda precis hur du vill. Nu är det ditt hus också.

-Men vad ska vi göra med de varorna som du redan köpt och betalat för?

-Jag ringer firman som vi köpt grejerna av, de lämnade ju 30 dagars öppet köp. Jag har ju inte ens tagit av varken plasten eller frigoliten än. Så vi skickar tillbaks grejerna jag köpt och så installerar jag dina lila vitvaror.

-Kan du det, gud vad snäll du är. Jag såg verkligen fram emot att ha dem i mitt hem.

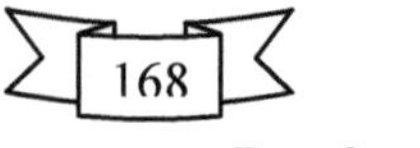

Droppteorin

-Det är väl klart att du ska dina grejer här också. Men då vill jag ha min dataanläggning i ett av rummen på övervåningen.
-It´s a deal sir.
-Jag ringer upp vitvarukedjan nu på en gång så blir det lite mer plats att installera dina lila vitvaror.
Hejsan mitt namn är Marcus och jag skulle vilja lämna tillbaks några vitvaror som jag köpt…
De kommer och hämtar grejerna om två timmar, ropade Marcus upp till övervåningen.
-Oh, kan du inte installera dem åt mig ikväll, snääälla.
-Marcus hjärta veknade, det är klart att vi ska. Diskmaskinen kan jag nog börja med redan nu. Marcus ålade sig fram till maskinen och slet av skyddsplasten och frigolithöljet. Själva installationen gick relativt smidigt och han ropade på Maria.
-Ja, vad är det? Ropade Maria till svar. diskmaskinen är installerad nu, jag tänkte testköra den med diskmedel. Är

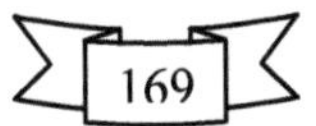

det något särskilt märke du använder eller duger det med mitt.
-Nej för jössenammen använd inte ditt Basic diskmedel. Det här är en fin maskin, ta diskmedelstabletterna jag har i någon av påsarna där nere.
-Jag har hittat dem FAN FICK DU GE NÄSTAN 2 CREDITER FÖR DESSA TABLETTER, då hoppas jag att de gnuggar in i helsike bra.
-Du det är de bästa diskmedelstabletterna på marknaden.
-Ja ja inte för att vi inte har råd men jag tycker de högg till rejält.
Efter testkörning leverans och installation uppstod ett visst sug efter käk.
-Du Maria, jag vet ett helhäftigt ställe där vi kan få riktig mat med en riktigt spektakulär utsikt. Det kostar visserligen 2 crediter per person men det är värt varenda spänn.
De gick bort till den berömda hissen och Marcus betalade för dem båda och de swishade upp till planetariet.

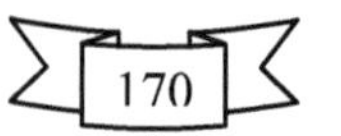

-Wow, sa Maria. Gud va häftigt. De satte sig ner och servitrisen kom för att ta upp beställningen när Marcus sa: Jag tror att vi får vänta lite med beställningen. Min sambo är inte redo att beställa än, men lämna gärna menyn här och så tar vi två stora starköl medans vi väntar med maten.

-Maria hur är det fatt, frågade en lite orolig Marcus.

-Jo det är bara bra, vilken överväldigande utsikt alltså.

-Ja, den är spektakulär. Helt otroligt vilka färgkombinationer som finns i varje gasmoln. Skål på dig och en skål till ett lyckligt liv tillsammans.

-Det här stället känns som om du gav mig en present. Hur är maten här då är den lika spektakulär som utsikten.

-Inte en aning, när jag var här så tog jag bara en köttbullemacka och en kopp kaffe.

-Va var du en sådan snåljåp?

-Nja jag var nog inte snål bara vansinnigt trött.

Droppteorin

-Får vi se vad de har att bjuda på då.
Maria öppnade sin meny och baxnade lite över priserna.
-Bry dig inte om vad maten kostar, jag betalar. Fick ju en hel del tillbaks när jag återlämnade diskmaskinen och tvättmaskinen.
-Okej, då tar jag gärna en entrekot med kulpotatis om det är okej.
-Vad vill du dricka till vin eller öl.
-Jag tar nog ett glas rött...om det är okej?
-Glas tar vi inte utan vi beställer in en flaska i stället. Fröken vi vill gärna beställa...Var det allt? Då kommer maten alldeles strax. Vill ni ha in vinet nu eller till maten?
Det tar vi nu!
-Varför är det alltid mannen som ska beställa, undrade Markus lite småsur.
-Jag vet inte, gamla seder är svåra att bryta.
Men vilken fantask utsikt alltså, varför har du inte visat mig det här tidigare?

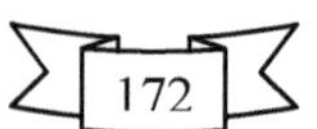

Droppteorin

-Du Maria jag är bara en enkel kemist men går inte Terra Goova väldigt fort nu. Se så fort stjärnhimlen rör sig.
-Du har rätt vi accelererar väldigt fort.
Maria slet upp sin fickdator och började vant knappa. Helt plötsligt flög hon upp i fönstret Slet upp ett måttband och gjorde en markering. Marcus ställ dig rakt bakom mig och nyp mig i rumpan så fort du ser nästa nebulosa. Magnus nöp henne men kunde inte släppa rumpan han smekte henne tills hon sprang tillbaks till bordet. Hon ropade till sig servitrisen och bad om en bunt skrivpapper.
Servitrisen kom med mat och papper något förundrad.
Hon började vant skriva och räkna det ena pappret efter det andra.
-Hur är det fatt frågade Marcus? Kommer du fram till något vettigt.
Maria la ner pennan och började äta.-Jo det är bra men jag tror att vi accelererar för fort. Går det att få bränslet lite mindre effektivt.

-Du menar typ att smutsa ner det nästan kliniskt rena bränslet.
-Ja precis så. Jag tror att vi skulle få ner brinntiden då. Jag menar explosionen bör bli lägre då.
-Är vi illa ute, frågade Marcus?
-Njaä, inte än men vi måste snacka med Jeannette i morgon. Du förstår om vi matar på motorn med en konstant mängd bränsle så kommer Terra Goova att uppnå hastigheter vi inte kan räkna till. Låt oss då säga att vi når barriären för vårt universums droppe. Då uppstår ju frågan VART SITTER BROMSEN. Finns det en motor så måste det finnas en broms. Vi har bromsraketer fram men de är så små att farter av den här kalibern inte går att bromsa tvärt. Jag tror vi får bromsa ner Terra Goova och sedan köra växelvis med bromsraketer och växelvis motor.
-Kanske att det inte behövs, jag tror att det går att strypa bränsletillförseln. Då behövs ju bara bromsraketerna en gång, vi måste vara lite försiktiga med bränslet eftersom vi bara har en viss mängd att

tillgå. Kom vi snackar med Jeannette nu på stubben.

-Älskling, sätt dig ner Jeannette kan vänta till i morgon. Det här är vår första kväll, snart ska det bli vår första natt tillsammans.

-De åt av maten drack av vinet och bara njöt, njöt av varandras närhet.

När allt var betalt och klart gick de den närmaste vägen hem plötsligt stannar Maria

-Har du sett?

-Vadå undrar en trött Marcus, och stannar upp?

-Men ser du inte det är ju mörkt.

-Är det därför jag är så trött.

-Kanske, men för egen del tror jag det är den där halvpavan vin du drack..........

Väl hemma i huset så såg det ut som ett mindre bombnedslag med all plast och frigolit emba-lasch.

-Suck så här ser ut sa Marcus.

-Japp vårt nya liv börjar i kaos.

Marcus rafsade snart ihop all plast och frigolit och bar ut det i soprummet.

Droppteorin

-Hur ser det ut på övervåningen Maria, ropade Marcus.
-Skapligt jag ska bara plocka upp våra toallettgrejer så är det nog klart här.
Marcus gick in i sitt datarum och började koppla ihop den.
-Maria vill du ha en kopp tee eller något innan vi ska sova. Inget svar hördes.
Han gick upp för att se vad som hänt och fann Maria sovandes i sin nya pyjamas.
-Ja Maria jag känner mig inte heller så sexig idag, viskade Marcus ömt.
Han klädde av sig i kalsongerna och kröp ner jämte Maria. Han lirkade in sin arm under Marias huvud och blundade.
Nu var det inte hula hula tjejer framför hans näthinna utan Maria.

Droppteorin

Kapitel 18

Ekvationerna Maria/Einstain

Följande morgon vaknade Marcus av ett strålande "väder" och en doft av nybakat bröd och kaffe. Han ålade upp sig ur sängen, och kände sig för engångsskull utvilad och pigg. Han var faktiskt på ett strålande humör, inget skulle kunna förstöra denna dag. Han tog på sig sina paltor och knatade ner till en Maria i förkläde och uppsatt hår.

-Gud va du ser sexig ut Maria utbrast han.

-Jag i de här paltorna?

-Nej inte bara kläderna utan du liksom lyser av värme och kvinnlighet.

-Är det inte mer än så här som glädjer dig så måste du vara svältfödd.

Maria hällde upp kaffe och juice till både Marcus och sig själv och la upp rågbullarna i en korg rykande varma.

-Hur alvarligt är egentligen läget med hastigheten.

-Jag vet inte exakt än, jag har kört en liten simulering på datorn och visst vi klarar oss väl ett tag till med det vi såg

igår är faktiskt vyerna från utkanten av det vi på jorden skulle kalla vår galax. Därför bör vi nog tänka ut en strategi för hur vi ska få ner hastigheten innan vi rammar in i någon form av barriär. Vidare tänkvärt är ju att vi liksom Christoffer Columbus förväntar oss en kant eller stup. Det KAN ju vara så att vi förväntat oss en barriär som kanske inte finns mer än i vårat sinne. Kanske att vi bara helt sonika flyter över till nästa droppe.

Jag har även lurat lite på hur vi ska ta oss igenom en eventuell ”ytspänning”.

-Jag ska kolla hur det ser ut om vi kanske kan strypa motorerna lite och puffa lite på bromsraketerna. Då vinner vi ju lite tid i alla fall.

-Du vet om man tejpar lite på en uppläst ballong så kan man med en nål penetrera ballongen utan att den smäller. Det borde vara samma naturlagar som gäller vid ytspänning. Om vi lyckas fästa en cirkelrund metallbit på ytan så borde vi kunna bombardera mitten med spänningslösande medel. Då släpper

ytspänningen bara innanför metallen och vi får en portal som vi kan åka in OCH ut i. Hur som helst så färdas vi just nu INTE i en hastighet av 1G. Utan vi accelererar med en hastighet av 1G, vi gasar alltså på istället vara i ett konstant flöde. Jeannette och jag har stirrat oss blinda i den nya ekvationen. Det vi skulle ha gjort är att tittat på Einsteins relativitetsteori och kompletterat den med de nya kunskaperna. Dvs E=konstanten * Xvariabeln*y=Kvadraten $\boxed{a^2 = b^2 + c^2}\frac{-b\pm\sqrt{b^2-4ac}}{2a}$. Det vill säga för att uppnå en gravitation så bör man färdas i 1G. Vi har accelererat med 1G i stället för att hålla 1G som hastighet. Det finns ju liksom ingen större friktion i rymden. Så vad vi måste göra nu är att försöka bromsa ner hastigheten genom att först stänga av de bakre motorerna och sedan försöka små bromsa med de främre bromsmotorerna.

-Varför kan vi inte köra på med de främre bromsmotorerna för fullt då, då

borde ju vi komma ner i lämplig hastighet.
-Jo därför att enligt Einsteins relativitetsteori så kan man antingen köra i 1G eller backa i 1G för att bibehålla en gravitation. Bryter vi ekvationen så kommer vi att tappa gravitationen ombord. Därför måste vi fisbromsa tills vi fått en pulshastighet av 1G.
-Du Maria, jag har aldrig haft en sån här fruktsam och intellektuell diskussion vid frukostbordet förr. Jag gillar det och jag älskar dig.
-Jag älskar dig med dumsnut. Förr hade jag alltid den här diskussionen med mig själv och det var inte särskilt utvecklande. Vi far iväg till huvudkontoret och snackar med Jeannette och Jan nu i eftermiddag.
-Varför inte nu på förmiddagen då?
-Därför att jag vill äta lunch med dig uppe i planetariet. Dels för den goda matens skull och dels för att jag vill se vart vi är någonstans och vilken ungefärlig hastighet vi har, du vet nyp mig i rumpan checken.

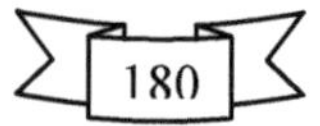

Droppteorin

-Kan vi inte mysa lite ikväll, jag menar bara vara du och jag. Jag har ju knappt fått pussa dig än.
-Klart att vi kan, vi köper hem lite popcorn och läsk, kanske de kör någon schyst film på TV.
-It´s a plan baby. Då ska jag ägna förmiddagen åt att plocka upp mina grejer jag hade med mig från jorden.
-Det ska jag också suckade en tråkad Maria.
-Älskling vad är det, tycker du inte om dina saker från jorden? Är det taskiga minnen förknippade med dem?
-Ja, en del saker rör min familj du vet mamma & pappa, lillsyrran och lillebror. Du förstår jag var den ende i familjen med läshuvud. De kom till mig när de behövde hjälp både ekonomiskt och intellektuellt. Jag betydde något, jag var någon, jag hade en tillhörighet. De älskade mig villkorslöst och jag dem. Nu finns inte de omkring mig, jag är ute på ett uppdrag där jag aldrig kommer att få se dem igen. Maria vände bort sitt

ansikte och Marcus hörde hur hon snyftade.
Markus reste sig ur sin stol och gick bort till Maria. Han sa inget utan bara höll om Maria. Hon grät så tårarna sprutade om henne, Marcus satte sig på huk och viskade:
-Vi är ensamma tillsammans det är du och jag nu och det kan ingen ta ifrån oss.
Maria slutade gråta och tittade djupt in i Marcus ögon.
-Älskar du mig verkligen eller är du bara ensam.
-Dumsnut jag älskade dig redan på jorden. Jag gör vad som helst för dig. Jag till och med gör bort mig inför dig.
Vet du vad vi gör. Jag hjälper dig att packa upp dina saker, kanske blir det mindre jobbigt då. Har du foton med dig.
-Ja, fyra album. Jag vet vad Jan tyckte om det men jag känner att om jag får barn vill jag att de ska veta vilka mina föräldrar var, vilka mina syskon var.
-Okej sa Marcus. Då gör vi så här de albumen tycker jag vi går ner till banken med och låser in i ett bankfack. Jag har

också lite saker som jag vill låsa in där. Är det något mer minne du har nerpackat som är jobbit?
-Nej det är allt.
-Då tar vi med oss albumen när vi ändå ska träffa Jeannette.
-Du är så snäll min lilla dumsnut.
Lunchen annalkande sig och de tog hissen upp till planetariet. Den här gången tog de ett fönsterbord så de kan ha lite koll.
-Du Marcus. Fan vi borde få ersättning av Terra Goova Enterprise. Jag tycker inte vi ska behöva betala 2 crediter plus mat bara för att kolla hur mycket i riskzonen vi är, eller vad tycker du?
-Tja det är ju sant men jag måste säga att utsikten rakt framför mig är mer tilltalande.
Servitrisen kom förbi med varsin meny och var på väg att gå när Maria sa du vill väl ha en starköl innan maten Marcus? Öh, ja jo vi har liksom semester eller nåt så visst en starköl skulle sitta fint men då får du göra mig sällskap Maria. Två stora starköl då tack.

Droppteorin

De hade druckit hälften av ölen när Maria reagerade
-Där har jag ett riktmärke kom nu, ställ dig rakt bakom mig och nyp mig i rumpan när du ser nästa nebulosa.
Märket var kvar sedan gårdagens expedition. Där har jag tiden. Öh du kan släppa min rumpa nu älskling.
-Vill inte.
-Du kan få känna på den hur mycket du vill ikväll.
Maten hade kommit in och Maria högg in samtidigt som hon räknade frenetiskt.
-Kommer du fram något, Maria.
-Kosmos som vi känner till det tar slut om ca: 3veckor. Troligtvis så är det betydligt större än så, med det är så långt vi har kunnat se från Jorden. Vi måste hejda motorn och starta motbromsen så snabbt som möjligt.
De båda käkade upp ganska fort, betalade och hastade iväg till huvudkontoret. Där möttes de av en dryg receptionist som kunde ge dem en tid nästa vecka. Maria sög tag i Marcus och de lyfte på spärrbommen och klev in på

Jeannettes kontor. De lade fram sin sak och tillade att det var brottom.
-Jeannette tittade granskande och uppfodrande på Marcus och Maria. Så sa hon ni två är ett par va?
-Ja fick en mycket förvånad Marcus ur sig.
-Och ni bor i radhuset va.
-JA, svarade en något irriterade Marcus.
-Jag visste att det skulle bli ni två. Ni var så tajta nere på jorden så jag förstod att det skulle bli ni två. Grattis.
-Tack, hur blir det med inbromsningen nu då.
-Jo, vi har också observerat hastigheten och påbörjat ned bromsningen. Vi kommer att gå ut med information till alla om att vi kan uppleva stunder av dålig gravitation men det kommer att vara övergående.
-Hur då stunder av gravitation, antingen har vi gravitation eller inte?
-Vi kommer att stänga av huvudmotorerna och köra bromsraketerna i puls. Dvs. vi sätter på

dem och stänger av dem enligt ett schema.

Droppteorin

Kapitel 19

Motorhaveri

Kvällen kom och med den växte förväntningarna på den första ”riktiga” myskvällen. Maria och Marcus hade köpt hem både popcorn och läsk. De bänkade sig framför TV:n och skulle precis sätta på en film, då Marcus plötsligt tittade Maria djupt in i ögonen och sa:-Jag älskar dig så mycket Maria jag önskar att den här drömmen aldrig ska ta slut… för det känns som en dröm. Jag är rädd för att vakna upp och se att allt det fina vi har, plötsligt är borta.
-Men min lilla dumsnut så ska du inte tänka, så får du inte tänka. Jag finns här, jag finns för dig här ombord Terra Goova.
-Maria……..Jag älskar dig så mycket.
-Jag vet det min lilla dumsnut. Nu äter vi våra popcorn och tittar på filmen.
Är det okej om jag tar en öl istället för läsken, vill du också ha något annat, ett glas rött kanske?
JA, det vore hemskt gott. Men har vi något hemma?

Droppteorin

-Jag köpte hem lite vin när jag köpte ölen, tänkte att du kanske skulle föredra det framför ölen.
Filmen rullade igång och varken Maria eller Marcus hade en aning om vad den handlade om. De var fullt upptagna med att gosa, klämma och känna. De pussade långa härliga kyssar. Det var så erotiskt laddat att det kändes som ett stort fyrverkeri. Maria smuttade på vinet och Marcus drack av ölen, och i takt med det så släppte hämningarna, varpå Maria sa kom vi går upp till sovrummet i stället.
Nästa dag så vaknade Markus åter till doften av nybryggt kaffe och nybakat matbröd. Han fick på sig paltorna som var slängda på golvet och gick ner till köket.
-God morgon snuttan har du sovit gott sade Marcus samtidigt som han kramade Maria bakifrån.
-Jag har sovit så gott så gott…Kan ju ha med de acrobatiska övningarna vi hade för oss i gårkväll.
-Har du både bakat och kokat kaffe? Du skämmer ju bort mig totalt.

Droppteorin

-Du kan få duka så tar jag ut brödet ur ugnen och skär upp det, sen kan du hoppa in i duschen så hinner brödet svalna lite.
-Ja nu vet jag ju hur det fungerar med dusch-cream och sådant.
-Ja, fniss. Du har ju provat lite olika varianter vad det gäller duschtemat.
När Marcus stod i duschen så ringde telefonen. Det var Jeannette.
-Maria du och Marcus måste avbryta eran ledighet och komma in till huvudkontoret. Ni får ta ut mer ledighet sedan.
-Vad är det som har hänt frågade Maria förvånad, jag menar du lät ju så säker igår på hur problemet skulle lösas. Har det tillstött något?
-Bara kom hit så får ni veta mer. Klick
-Maria gläntade på badrumsdörren: -Du Marcus…
-Ja vad är det svarade en hel lödrad Marcus?
-Du får nog korta av din morgondusch en aning. Jeannette ringde och sa att vi behövdes på kontoret.

Droppteorin

-Fan, jag visste att du hade rätt i att vi åker åt helsike för fort.
Vet du om vi köpte några frigolitkoppar när vi handlade?
-Ja du köpte en packet ska jag ta fram dem.
-Japp vi får ta kaffet i dem och dricka det på vägen.
-Egentligen skulle jag vilja åka upp i planetariet för att se hur det står till innan vi kommit till kontoret. Men jag behöver en nyp mig i rumpan check så ta på dig rena paltor så drar vi iväg.
-Okej då, men det är bara för att du är så söt och har en så fin rumpa som jag följer med. Annars så tycker jag nog att vi bör göra som Jeannette vill och komma på stubben.
Så där. Ser jag respektabel ut nu.
-Mm luktar gott gör du också.
-Då drar vi iväg till planetariet då. Det går väl fortare att gå än att ta en trolley?
Ja, hissen ligger ju alldeles uppför backen.
De tog hissen upp till planetariet varpå Maria stod helt mållös.

Droppteorin

Marcus fick fram vart i helvete är vi någon stans, och varför snurrar vi som en bumerang?
Kom Marcus vi måste till kontoret nu på stubben. De sprang in i hissen samtidigt som Marcus ringde efter en trolley. De kastade sig in i trolleyn och for iväg.
Väl framme så sprang Maria och Marcus direkt fram till bommen och kastade upp den varpå receptionisten sprang efter och skällde om att det finns vissa regler som gäller alla.
-Du om du hade den blekaste aning om vem jag var så skulle du krypa under receptionistdisken och gömma dig.
-Men det finns reg…
Håll käft och försvinn skrek en stressad Maria.
-Jeannette vad har hänt? Igår var ju allt under kontroll.
-Bromsraketerna på högra sidan av Terra Goova har lagt av och de två andra skenar utan kontroll. Därför far vi fram likt en bumerang och inte som en projektil.

-Marcus du och Jan måste ge ert tillstånd till att vi släcker alla motorerna på en gång.
-Jag ger mitt tillstånd sa Marcus om det innebär att samtliga motorer byts ut och att bränsle-tillförseln stryps nu.
-Bra sa Jeannette, ”Operation motorskifte klart att sätta igång”, ropade Jeannette i sin mikrofon. Det skrapade och gnisslade i skeppet en god stund. Det är ingen fara sa Jeannette det som gnisslar är motorerna som tas dän och nya sätts dit.
-Får jag se på siffrorna om hastighet osv, sa Maria.
-Visst här är de.
Maria slet upp sin vid det här laget ganska slitna handdator och högg till sig en bunt papper. Hon räknade frenetiskt och skrev en halv uppsats på pappersbunten.
-För att få en reversibel hastighet utan att tappa allt för mycket gravitation så bör vi köra de högra bromsraketerna för fullt och de vänstra med 15 <. Vi bör öka den

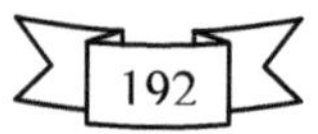

vänstra hela vägen upp till 100% i takt med att Terra Goova stabiliserar sig.
-Jag och Marcus vill ha var sitt kontor här med tillgång till minutfärska data. Vidare så vill jag veta varför det är helt svart ute inga stjärnor inga nebulosor.
-Vi har kört förbi vår galax och befinner oss nog nära barriären för den här droppen enligt teorin, sa Jeannette.
-Jeannette du måste gå ut med ett meddelande till övriga här på Terra Goova att gravitationen kommer att komma och gå i x antal timmar. Jag har fått fram i mina beräkningar att det torde röra sig om ca: 2 jorddygn.

Droppteorin

Kapitel 10

Motorhaveri

2 jorddygn passerade och Maria och Marcus jobbade frenetiskt enligt den nya ekvationen.
Men Maria var så finurlig att hon mixade Albert Einsteins relativitetsteori med den nya ekva-tionen. Maria blev nästan manisk i sitt arbete och Marcus blev lite orolig för henne.

-Nej Maria, nu går vi hem till vårat. Jeannette du får ta vid här för vi måste hem och sova.
-Visst hojtade Jeannette.
Sagt och gjort så släpade Marcus med sig Maria ner till en väntande trolley. Hon hade tagit med sig en hel bunt med uträkningar och sin kära lilla vän fickdatorn.
Väl hemma så kände Marcus att det sög en aning i tarmen.
Fanken vi har ju inte käkat idag Maria.
-Mmm, fick han till svar.
-Jag fixar lite spaghetti & köttfärssås. Är det okej om vi dricker läsken som vi

köpte igår? Jag menar så vi håller oss nyktra ifall det skulle hända något mer. Efter cirkus en halvtimme ropade Marcus att maten är klar. Inget svar. Han gick upp till övervåningen och hittade Maria djupt försjunken i sina mattematiska termer och formler.
-Älskling sa Marcus med lugn stämma, det är lite mat nu. Det blir spaghetti och köttfärssås med läsk till. Nu höll Marcus om Marias axlar.
-Jaha, jag kommer jag ska bara räkna ut den här ekvationen.
-Älskling du får ta med dig papprena ner och räkna medans vi äter om du vill.
-Maria vände sig mot honom:-Är det säkert, du tar inte illa upp då?
-Du jag är själv en arbetsnarkoman, men mat måste du ha i magen om du ska lyckas med räkenskaperna
-Maria åt med god aptit samtidigt som hon räknade frenetiskt. Plötsligt lade hon ner pennan och tittade Marcus djupt in i ögonen och sa med mild stämma:-Tack älskling, både för maten och för att jag fått räkna klart utan käbbel. Du är så

förstående för mitt arbete att jag inte vet hur jag ska kunna visa den tacksamhet jag känner.
-Det är ju den förståelsen som drivit oss samman, eller hur. Den och nypa i rumpan checken.
-Är det okej om jag sätter mig med datorn en stund, måste sammanställa det jag kommit fram till och köra några simuleringsmodeller.
-Du Maria ta min fasta dator istället så tror jag att du kommer ha större framgång i räknandet. Jag har en separat matteprocessor i den datorn.
-Får jag det, tack snälla.
Maria gick upp och satte sig vid datorn, och den gick smidigt, väldigt smidigt.
Marcus satte igång och plockade av bordet och ställde in disken i diskmaskinen.
När allt var klart i köket så gick han en spanings-runda i datarummet. Han hittade Maria helt frenetiskt knappande på datorn.
-Hur går det frågade Marcus.

Droppteorin

-Älskling kan inte jag också få köpa en sån här dator? Den räknar ju 100gånger bättre än min laptop. Och nu skulle jag verkligen vilja ha en dator som kan räkna.

-Vi far iväg till stormarknaden i morgon bitti, jag tror att de öppnade kl sju.

-Vad kostade den? Var den jättedyr?

-Den kostade en slant, men det gjorde ju dina vitvaror med så jag kan sponsra med hälften av vad den kostade så går vi jämt upp med vitvarorna. Jag fick ju pengarna tillbaka på mina.

-Gud vad du är snäll och generös.

-Du Maria, jag tänker mig ett helt liv tillsammans med dig så mina slantar är dina slantar.

Kvällen gick och det blev natt.

-Du Maria jag går och knyter mig nu ska du följa med eller sitter du mitt uppe i en ekvation?

-Är det okej om jag sitter en timme till, jag är mitt uppe i en svår beräkning. Jag skulle vilja ha den klar när vi far till kontoret.

Droppteorin

-Ja jag går i alla fall och lägger mig nu sa Marcus samtidigt som han pussade Maria på kinden. God natt.
-Nattinatti, svarade en djupt upptagen Maria.
Marcus gick till sängs och slocknade nästan direkt. Vid halv fyra vaknade han till och gick och kissade på toaletten. När han kom ut från toaletten så såg han att Maria fortfarande satt och räknade i sin pappershög.
-Maria, nu går vi och lägger oss. Du kommer ändå inte att komma till något fruktbart resultat så här dags på dygnet.
-Du har rätt Marcus, jag har bara svårt för att begränsa mig.
De båda kröp ner i sängen och somnade direkt. Klockan 7:00 hoppade väckarklockan igång Markus som sovit nästan hela natten hade inga större bekymmer med att ta sig upp. Värre var det för Maria som var helt rödsprängd i ögonen.
-Maria gå och lägg dig igen. Jag åker ut till stormarknaden och köper dig en dator lika dan som den som jag köpte.

Droppteorin

-Tack mumlade en Maria i dvala, hon gosade ner sig under täcket och slocknade direkt.
-Föresten så tycker jag inte det är rätt att du och jag ska behöva betala för våra datorer när vi bara använder dem i tjänsten, tänkte Marcus. Jag ska faktiskt ta upp det med Jeanette senare idag.
Marcus fixade till sig och drog iväg till stormarknaden och köpte en likadan dator som den han köpt innan och bad att få hem beställningen till klockan åtta samma kväll. Nu var klockan runt halvnio och Marcus begav sig inte hemåt utan tog svängen förbi kontoret.
-Jeannette, Nu har Maria och jag behövt köpa var sin dator värd namnet för att vi ska kunna göra svåra beräkningar åt dig. De var inte gratis så nu vill jag ha tillbaka en slant för dem.
-Har något kvitto på dem?
-Ja visst här är bägge kvittona.
Jeannette knattrade lite på datorn och sade nu har jag återställt era 20 000crediter som ni hade från början. Kan vi säga att det är jämt med de

timmar ni har jobbat här på semestern också.
-Tack Jeannette. Har du några färska data jag kan ta med mig hem till arbetsnarkomanen.
Jeannette räckte över en bunt papper och en dataskiva med ytterligare data på. Är det några extremt viktiga data eller räcker det om vi kommer in till eftermiddagen.
-Ärligt talat så är jag glad om ni bara går igenom de data ni fått. Ni behöver inte komma in i dag bara ni går igenom de data du fått. Han fick en disk och gick ner på gatan. Nu ringde han till köpcentrat som han köpte datorn på och frågade om den kunde levereras tidigare typ halv tio nu på morgonen. Det gick alldeles utmärkt.
Marcus tog en trolley hem igen och mycket riktigt så snusade Maria fortfarande sött.
Han tog emot paketet med Marias dator och en stor kontorsskärm. Skärmen var till för att avdela rummet så man kan sitta och arbeta två stycken utan att

behöva störa den andre. Han plockade ihop datorn vant och installerade programmen. Sedan gick han ner och gjorde en sats med scones och satte på kaffet. Han bullade upp med aprikosmarmelad och ost. När sconesen var klara smög Marcus upp för trappan och smekte Maria ömt på pannan varpå hon vaknade.
-Fan vi måste till labbet vad är klockan?
-Hon är halv elva, men ta det lugnt allt är fixat. Sc…
-Vadå fixat jag måste föra in mina beräkningar jag gjorde i natt på Jeannettes dator.
-Lilla vän det är lugnt.
-VAD DÅ LUGNT?
-Jag var ute vid köpcentrat och köpte dig din dator, lika som min. Sedan åkte jag iväg till kontoret och hämtade färska data till dig så att du kan jobba hemifrån idag. Efter det så karskade jag upp mig en aning och la fram saken att jag tyckte det var fel att du och vi ska behöva betala för våra datorer när de ändå bara kommer att användas i tjänsten. Hon

tittade på mina två kvitton och sa att hon återställt våra 20 000 crediter.
-Men, men…
-Det finns varma scones med varmt kaffe en trappa ner om du önskar så går det bra att inmunda det i pyjamasen.
Maria tultade ner en våning och kröp upp i en stol. Markus serverade de varma sconesen med marmelad och hällde upp var sin kopp kaffe.
-När kommer datorn då?
-Den är redan här installerad och klar. De datafilerna och övriga papper som jag fick med mig från kontoret ligger på ditt nya databord. Jag köpte även en kontorsskärm så att vi båda kan sitta i kontorsrummet utan att störas av den andres knattrande.
-Men herregud har du hunnit med allt detta.
-Japp, och det bästa av allt är att vi fått tillbaka varenda spänn som vi lagt på den här skutan.
-Så jag behöver inte åka in till kontoret idag då, frågade Maria en aning trevande.

-Precis så. Därför tänkte jag föreslå en lunch uppe i planetariet för att se om något förändrats, jag är lite sugen på att nypa dig i rumpan.

-Menar du att Jeannette pröjsade tillbaka varenda spänn vi lagt här på Terra Goova sedan vi åkte.

Ja, sa Marcus. Och det tycker jag inte var mer än rätt med tanke på det jobb vi lagt ner på vår semester.

Kapitel 20

Snopet men festligt

-Du Maria ropade Marcus från sovrummet? Det börjar dra ihop sig till slutet av månaden, har du sagt upp din lägenhet än och så eller står du fortfarande som hyresgäst på den?
-Nej visst sjutton sa Maria, det måste jag ju göra.
-Ja nu åker du nog på att betala hyra för nästa månad också. Vi snackar med Jeannette om det i morgon eftersom det inte är något företag utan endast Terra Goova Enterprise. Kanske hon kan fixa till så du slipper betala en extra hyra.
-Skulle vi upp i planetariet och luncha idag då?
-Ja, om du vill. Jag skulle väldigt gärna smaka lite mer av semestern. Du vet en kall öl, mat och en skvätt vin och bara mysa.
-Låter som en dejt tycker jag. Det kör vi på.
-Jag ska bara byta lakanen i sängen så kan vi dra sedan.
-Är de redan smutsiga?

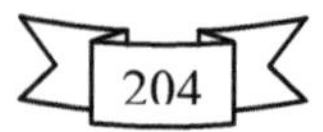

-Ah, njae kanske inte men jag tycker det är mysigt och krypa ner i sängen när sängkläderna luktar fräscht av tvättmedel och sköljmedel.
-När du är klar då så kan vi väl gå.
De drog iväg uppför backen mot hissen och åkte upp till planetariet.
De beställde in två starköl och bad att få vänta lite med att beställa mat.
-Där är en nebulosa sa Marcus. Den ser faktiskt ut att ligga stilla.
-Ja du har rätt. Rör vi oss så är det minimalt. Vad skönt om de äntligen fått ordning på bumerang-effekten.
De båda beställde in mat och dryck och festade lite i hopp om att semestern var tillbaka. När Maria tittade ut genom fönstret igen.
-Den ligger som fastklistrad den där nebulosan. Undrar om Terra Goova ligger still, men jag kan höra motorerna sussa.
-Du har rätt det ser faktiskt ut som om Terra Goova ligger för ankar.
Maria tog upp sin telefon och ringde Jeannette som satt kvar på kontoret.

Droppteorin

-Ligger vi för ankar Jeannette eller rör vi oss bara långsamt framåt?
-Vi har nått barriären för ytspänningen. Nebulosan som ni ser är faktiskt en reflektion av nebulosan som ligger bakom oss. Skälva hinnan verkar vara mycket mjuk och skinande blank, precis som en vattendroppe. Vi skaver lite med fören mot hinnan det är det som är skakningarna som ni hör. Vi har precis fått stopp på Terra Goova. Tyvärr så är er semester slut i morgon då jag behöver er för vidare beräkningar. Hälsa Marcus att ni kan komma in till kontoret klockan två i morgon eftermiddag.
-Suck sa Maria när hon lagt på luren.
-Vad är det, dåliga nyheter eller?
Vår semester är slut i morgon. Klockan två förväntas vi infinna oss på kontoret. Nebulosan du ser är bara en spegelbild av nebulosan som vi redan har åkt förbi. Tydligen så är barriären eller ytspänningen väldigt mjuk och följsam och därmed också väldigt känslig. Går den söder på minsta sett så kommer hela

universum som vi vet det att implodera till en total kollaps.
Men idag är vi lediga och Terra Goova ligger still, så inget nytt kommer att tillstöta. Så jag tycker vi suger ut det gottigaste ur den här dagen och bara ägnar oss åt varandra.
Marcus smuttade på sin öl och kände sig lite lurad på sin semester.
-Du Maria vi har aldrig varit nere i city på kvällstid. Ska vi besöka en pub i kväll, jag menar vi är ju helt lediga till klockan två i morgon.
-Är ni redo att beställa frågade den unga servitrisen?
-Jag vill ha en plankstek och köttet vill jag ha medium rare, sa Maria.
-Och jag vill också ha en plankstek och köttet vill jag också ha medium rare, fick Marcus fram.
-Och vad vill ni ha att dricka till maten?
-Jag tar gärna ett glas rött med lite mustigare karaktär, sa Maria.
-Det vill jag också ha så jag tycker vi tar en flaska istället för glas, fick Marcus fram…men Maria om vi tar in en flaska

så kommer vi nog inte att vara i stånd med att åka in till city. Ska vi skippa pub rundan och istället mysa här ikväll?
-Så tycker nog jag med. Härifrån är det ju inte så långt hem när vi blivit trötta.
De två satt en god stund och åt av den goda maten, drack det fina vinet och bara njöt. Efter maten så beställde Maria in en helflaska körsbärsvin. Den nu väldigt trevliga servitrisen tog beställningen och fnattade iväg till köket. Hon var snart tillbaka med hela beställningen.
Gud vad skönt att vi fick en hel dag ledigt till…

Kapitel 21

Receptionisten, bah!

Klockan slog 12 påföljande dag. Maria och Marcus hade kommit in till jobbet i god tid i förväg då de ville ge den nitiska receptionisten en chans till.

-Maria och Marcus anmäler sig till Jeannette Isacsson; sa Maria.

-Ett ögonblick…Ni har en tid hos Jeannette kl 14:00. Ni kan sitta ner i väntrummet.

-Ursäkta mig, kanske du inte förstod vilka vi var. Jag heter Maria och han bredvid mig heter Marcus.

-Ja?

-Alltså vi ingår i kärntruppen av det här projektet och jag vet att Jeannette vill träffa oss så fort som möjligt eftersom skeppet är trasigt. FATTAR DU; TRASIGT.

Jag är din chef precis lika mycket som Jeannette och du är SÅ HÄR nära att bli förflyttad.

-Men, men jag får inte släppa in någon innan 14:00.

-Maria sög tag i Marcus arm ännu en gång och slet upp bommen.
-Diplomati är visst inte din starkaste sida Maria.
-Jag blir så arg över människor som fått lite makt och missbrukar den så fatalt. Hon kunde ju ha lyft telefonen och ringt in till Jeannette och frågat om hon kunde ta emot oss. Men nej då hon måste prompt vänta tills klockan är två, JÄKLA SUBBA.
Maria slet upp dörren till Jeannette.
-Nu är vi här, har du lite fakta åt oss så vi kan sätta oss och gå igenom dem. För du har väl ordnat ett varsitt kontor här hos dig så vi kan kommunicera med varandra?
-Jaså ni kunde inte vänta tills i eftermiddag, log Jeannette.
-Nej vi vill vara lite hands on på det här problemet som kom förr än senare.
-Visst är hon väl charmant den lilla prydliga sekreteraren.
-Jag skulle lätt kunna mörda henne, hon trycker på alla knappar jag har…Asch nu tappade jag tråden. Vi kom hit för att

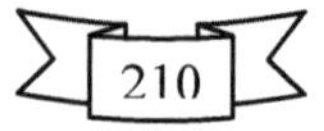

diskutera göromålen för att få snurr på partyt. Jag hoppas Jeannette att du har en del spännande rå och raffinerade siffror som jag kan sätta mina tänder i.
Anledningen till att mötet var satt till just 14:00 var att Jan skulle närvara vid mötet och detta var den enda luckan i hans kalender.
Vad har Jan att tillföra detta science tekniska snacket?
-Är det så att vi verkligen menar det vi säger, att göra ett beständigt hål i ytspänningen genom att fästa en stor rund ring. Så stor att Terra Goova går igenom så kommer universum som vi känner det att vara förbi. Ingen vet vad som väntar bortom ytspänningen. Kanske är det bara ett totalt mörker. Eller glimmar det för fullt med massor av droppar/universum? Ingen vet eftersom barriären är totalt reflekterande, det går alltså inte att se igenom den. Det Jan ville göra var att förbereda alla på att vi ska ta oss igenom barriären och att det kan vara så att detta verkligen är en enkel biljett ut i det okända.

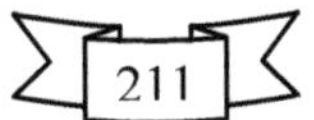

Droppteorin

-Om jag får komma in lite i konversationen, sa Marcus, så har jag tittat lite på den molykolära strukturen av hinnan. Och jag har kommit fram till att vi bör attackera hinnan genom att skjuta strömstrålar genom titancirkeln för att öppna en portal som kan föra oss ut igenom hinnan. När vi är igenom portalen så slutar vi mata ström och den sluts igen. Därigenom kan vi om vi vill återvända genom att aktivera portalen igen.

Jeannette och Maria stod mållösa och bara stirrade på Marcus.

-Fan du har löst hela problemet ju, hasplade Maria ur sig.

-Ja sa Jeannette, det låter ju fantastiskt bra, om det fungerar.

-Det har fungerat i datasimuleringar som jag kört. Hinnan när den attackeras av elektriciteten bör få en blå färg varpå det bildas ett vågmönster och då är den öppen för genomfart. Men mitt råd är att öppna portalen och först skicka iväg en obemannad skyttel för att se vad som finns på andra sidan. Har vi portalen

öppen så kanske den kan skicka information till oss om hur det ser ut på andra sidan. Men det är ett stort **kanske** för jag vet inte om radiosignaler kan penetrera porten lika bra som föremål. Och få hit drönaren igen kanske inte blir fullt så enkelt med tanke på att hinnan troligen rör på sig och inte alls har kvar samma läge som när drönaren for igenom den. Men jag tycker definitivt att vi ska skicka ut en drönare först.
Hur har det gått med jobbet med titan cirkeln?
-Jo, sa Jeannette den är klar den är gjord i 8st delar. Vi får sätta upp dem och montera ihop dem ute vid hinnan.
-Skicka ut dem med en robot som får göra det jobbet. Ingen vet vilken strålning som finns vid hinnan, sa Marcus.
-Nej du har rätt. Vi vet alldeles för lite om hinnan för att skicka ut människor så nära den.
Maria stod helt stum och imponerad av sin sambos interlekt och vida kunskap.

-Jag har också räknat en hel del och kommit fram till att vi bör skicka en rejält hög ström genom portalen för att få den att öppna sig.
-Så då är vi tre som tror på projektet ”portal”, sa Jeannette.
Jeannette knattrade på sin dator och sa, ni kan gå hem nu för det är bara jag som har befogenhet att ge order om portalen.
-Jahopp när förväntar vi oss att sammansätt-ningen av portalen är klar så vi vet när vi ska vara tillbaks?
-Troligtvis så lär det dröja ett par dagar men vi kan väl hålla kontakten vid 09:00 varje dag tills den är färdig.
-Åter till semestern då, sa Marcus.
-På utvägen så utbrast Maria, Gud va skönt med några dagars semester till. Fan va vass du var därinne. Du pulveriserade både Jeannette och mig med din kunskap. Jag blev nästan upphetsad av din kunskapsbank.
-Tja, lite kunskap har jag ju i ämnet, man är ju inte bara ett blåbär. Men du var inte dålig du heller, utan dina matte och fysik kunskaper så hade vi stått oss slätt.

Droppteorin

Vad sägs om en kopp kaffe med en kondisbit till.

-Det skulle vara väldigt gott, sa Maria. Men du vill inte ha en öl istället?

-Tja klockan är ju eftermiddag och vi är lediga för idag så visst en öl skulle sitta fint. Men du då Maria ska inte du ha något?

-Jo jag tar en liten flaska vitt vin.

-Vi är ju mitt i centrum nu ska vi ta en lokal pub som omväxling till planetariet?

-Det ligger en där på hörnet ska vi testa den.

-Ja den är väl lika god som någon annan. De båda gick in på pubben och lämnade sin beställning.

-Suck, nu blir det ingen nyp mig i rumpan check.

-Du får nypa mig i rumpa så mycket du vill i kväll.

Kapitel 22

Baksmällan

-Pip, Pip, Pip, Pip
-Fan kan ingen stänga av det där hemska ljudet, flämtade en helbakis Maria.
-Jo då... så nu är den avstängd, fy fan vad jag mår dåligt. Marcus kikade på klockan och såg att den var 8:00.
-Älskling ska du eller jag ringa till Jeannette, vi skulle ju samtala lite om hur projektet fram-skrider.
-Orkar du ta det så skulle jag vara dig evigt tacksam, jag ligger liksom i fosterställning nu.
-Okej, jag tar det. Måste bara in på muggen och spy först.
-Du Marcus det var sista gången jag festade låss så mycket som igår.
-Ja du Maria, jag kommer aldrig mer att dricka så vårdslöst som vi gjorde igår. Vi behöver varje liten grå cell som kan uppbringas och vad gör vi? Tar död på dem med lösningsmedel. Oförsvarbart. Jag ringer Jeannette nu på en gång så jag också kan krypa ner i bingen igen.
-Hejsan Jeannette...

Droppteorin

-Gick det bra frågade Maria?
-Inte en aning jag behövde all kraft som fanns i mig bara att hålla mig sittandes. Jag ringer henne i eftermiddag istället.
De två turturduvorna vaknade till igen framåt trehugget.
-Vad är klockan mumlade en dåsig, men ganska pigg Marcus.
-Klockan är lite över tre, det finns lite tee med ljumna frallor därnere.
-Tack söta du.
-Jag bjuder bara igen, du har tagit så väl hand om mig lilla dumsnut.
-Tusan, drack vi verkligen så mycket igår att vi ska bli så här fyllesjuka?
-Oh ja vi kom riktigt i festtagen. Det blev ju karaoke kväll och både du och jag sjöng för full hals varpå det serverades både gin och whisky.
-Hur tusan kom vi hem då?
-Servitrisen ringde efter en trolley som körde in på gården och dumpade av oss utanför vårt hus. Sen fumlade jag fram nyckeln och så kröp vi bokstavligen uppför trappan och ner i sängarna. Jag

lyckades få av mig mina och dina kläder vid femtiden.
-Lova mig att vi ALDRIG mer går tillbaka till det stället igen. Har vi aldrig skämts förut så kan jag garantera att vi kommer att göra det då, de har säkert tagit foto på oss sjungandes gamla snyftare i karaoke baren.
-Jag ringde upp Jeannette och sa att vi var indisponibla förut så därför ringer jag också till dig.
Hon berättade att hon hade schyssta siffror och modeller både till dig och mig. Hon har skickat över det via mailen.
-Kanske bäst att titta på mailen direkt.
-NEJ, du ska sätta dig ner och fika i lugn och ro nu. Hon väntar sig inget svar förens vid nio i morgon bitti.
-Okej, okej jag kommer.
-Vi måste vara rädda om varandra, vi har bara oss själva om något händer. Sätt dig nu ner och ta dig en kopp och en smörgås, jag gör dig sällskap.
-Tack Maria, du är så söt när du blir sådär bestämd.

Droppteorin

När de hade fikat klart så sa Marcus; om det är okej så skulle jag hemskt gärna titta på Jeannettes siffror och modeller hon mailat över.
-Ja, jag ska också titta på det hon sänt mig sa Maria samtidigt som hon tog sista slurken tee.
När de suttit någon timme så gick Marcus över till Marias del av kontorsrummet.
-Hur funkar din dator då?
-Alltså den är helt makalös, fungerar hur fint som helst. Formler lägger man bara in i hårddisken och sen kan matteprocessorn applicera det på vilka siffror jag än lägger in. Så nu har jag fyllt på hårddisken med diverse matnyttiga formler av olika slag.
-Ska vi inte försöka och ta en liten bit mat. Klockan börjar närma sig sex och mina tarmar börjar hamna i synk igen, så ett visst behov av att inmunda någon form av föda som är grymt rik på både proteiner och kolhydrater har infunnit sig. Inte att förglömma dessa trevliga spårämnen som brom och järn, men vi

måste även komma ihåg dessa enormt trevliga vitaminerna. Medans han höll sitt apelmöte gick han sakta ner för trapporna. Plötsligt kom det över honom hur korkad han måste ha låtit. Skit samma hon älskar mig säkert i morgon ändå.
Marcus grävde lite i frysen och hittade något som såg ut att vara en Stinas kyckling, den hugger vi sa Marcus finns det någon god sås till den då, hmmmm. Där har vi grejerna och så lite kokt råris också. Icke att förglömma är sparrisen som är inlagd på burk. Marcus drog på sig förklädet och slängde in den frusna kycklingen i ugnen, på förpackningen står det att kycklingen behöver 60-70minuter på sig att bli färdiga. Då sätter jag klockan på 40minuter, Sparrisen ska ju bara tas ur konservburken. När de fyrtio minuterarna gått så sätter jag på råriset. Då har vi fått med alla de ämnena som jag rapade upp förut.
Jag sätter mig lite med min fickdator här i köket och tittar lite på Jeannettes siffror. Ser inte ut som om det skulle

finnas någon form av radioaktiv strålning. Men det KAN ju finnas annan strålning som kan vara farlig eller kanske till och med farligare. Inga farliga DNA-Kvarkar heller. Det känns faktiskt som om vi kan köra igång projektet betydligt snabbare än tre dagar. Marcus tog telefonen och ringde Jeannette på hennes mobil…

-Det här är bara första proverna än.

-Jag vet men jag är lite ivrig i att få projektet i snurrning.

-Drönaren som vi har skickat ut har med sig en titanring i fyra delar som den just nu håller på att montera upp. Om allt går bra bör den vara funktionsduglig inom ett dygn. Då kan vi skicka ut drönaren genom portalen utan att riskera några människoliv. Då kommer vi att få svar på vilken form av materia som håller dropparna samman plus att vi får reda på om det finns några fler droppar överhuvudtaget.

-Snälla säg till Maria och mig innan du låter skicka iväg drönaren genom

portalen. Vi vill båda vara med när siffrorna strömmar in.
-Alla ni som är i det här rummet kommer alla få datan samtidigt då vi även kommer att ha en videolänk från drönaren för att se med egna ögon hur jobbet fortskrider.
Strömstyrkan är vi ganska osäkra på men tanken är att börja lågt och sakta öka tills portalen är öppen.
Ursäkta mig men jag måste hem och räkna på dessa data vi fått. Ska du med Marcus eller kommer du lite senare

Kapitel 23

Portalen

Följande dag så infann sig både Maria och Marcus mycket punktligt klockan 09:00. De gick fram till receptionisten som direkt öppnade grinden och visade in dem i det strateg tekniska rummet.

-Wow, hon lär sig viskade Marcus.

Där satt både Jan, Jeannette och representanter från marinkåren.

-Så bra att ni kommer så punktligt. Det vi ska diskutera idag är följande beräkningar: Ska vi sikta in oss på första bästa droppe eller ska vi låta drönaren scouta runt så långt den når för att hela tiden skicka data till oss?

Eller ska vi bestämma att vi tar första bästa droppe och assimilerar den så snabbt det är möjligt?

-Maria höjde sin stämma en aning och sa: Från ett vetenskapligt perspektiv så bör vi utforska så mycket som möjligt bakom barriären. Så jag tycker nog att vi bör skicka ut så många drönare vi kan genom portalen. Kanske kan vi hitta ett nytt universum att kalla ”hem”.

Droppteorin

-En god och sund tanke, sa Marcus. Jag håller helt med Maria i den här frågan.
-Militären kan ingen göra förens vi kommit över till grannens terotialvatten. Så jag är endast med på dessa möten för att få en inblick i projektets utveckling
-Snälla säg till Maria och mig innan du låter skicka iväg drönare genom portalen. Vi vill båda vara med när siffrorna strömmar in.
-Alla ni som är i det här rummet kommer alla få data samtidigt då vi även kommer att ha en videolänk från drönaren, för att se med egna ögon hur jobbet fortskrider. Strömstyrkan är vi ganska osäkra på, men tanken är att börja lågt och sakta öka tills portalen är öppen.
-Ursäkta mig men jag måste hem och räkna på dessa data vi fått. Ska du med Marcus eller kommer du lite senare. Nejdå jag hänger med. De rafsade ihop materialet och skyndade sig ut till en väntande trolley.
-Tror du att det står något matnyttigt i de data vi fick med oss.

-Jag hoppas verkligen det. Jag undrar om inte det bör vara en samling forskare bakom drönarna i stället för en trupp elitsoldater som blir de första människorna att fara genom portalen.
-Det har du nog alldeles rätt i nu har snart mänskligheten lyckats göra ett titthål i universum, och vad gör vi, vi skickar iväg våra tungt beväpnade stormtrupper. Det känns som om människan aldrig lär sig. Krig lidande och fattigdom är ju just de tre sakerna som vi ville bort ifrån med den här resan. Jag hoppas att våra barn som vi kommer att få i framtiden blir lite mer upplysta än vad vår generation och de generationer som ligger bakom oss.
-Låt inte så mellankolisk Marcus. Våra barn kommer att få en helt annan uppväxt än vad våra tidigare generationer fått.
Maria ringde efter en trolly och Marcus såg lite moloken ut.
Ta inte ut någon sorg i onödan Marcus.
-Nej du har rätt, imorgon är det en ny dag. Det ska bli riktigt spännande att

kolla de nya siffrorna och datamodellerna som vi fått med oss.
-Ja personligen kommer jag att bänka mig framför skrivbordet med de nya siffrorna och räkna frenetiskt.
-Ja, men först ska vi ha lite käk. Vad tror du om kokt lax med remuladsås och citron och härligt skalad, med kniv, dillkokt hasselbackspotatis.
-Får vi skirat smör till så får du en puss?
-Klart det ska vara skirat smör till.
Smack, Marcus fick en härlig puss på kinden varpå Marcus rodnade lite.
-Vad söt du är min lilla dumsnut. Är det okej om jag bänkar mig direkt med siffrorna och du sköter käket, du är mycket bättre på det än jag. Och då menar jag både matte, fysik och kemimässigt, därtill även köksmässigt.
-Det är helt okej och du behöver inte förringa dig själv. Du är duktig, jäkligt duktig på matte och och personkemi.
Den stackars receptionisten nere vid högkvarteret ordade inget idag hon bara släppte igenom oss.

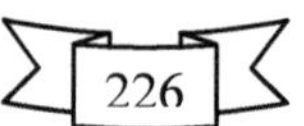

Droppteorin

-Erkänn att du hade stått och jamsat för att sedan sätta dig i väntrummet.
-Helt sant, nu kommer visst trolleyn.
De båda hoppade in…
Väl framme så kilade Maria snabbt upp till övervåningen och började sortera sin hög med papper hon fått från Jeannette. Hon slet fram sin fickdator men kom snabbt på att hon hade en urstark fast dator. Hon slog på den och började mata in siffror efter en stund kunde hon skönja en liten, liten röd tråd. Hon satte i disken hon fått från Jeannette och vips så matchade hennes uträkningar med diskens grafiska information. Hon gjorde en hologram utskrift och fick upp bilden mitt i rummet. Hon gick runt den och tryckte på vissa detaljer
-Marcus, kan du komma en stund?
-Ja visst, vad är det? Marcus klev uppför trappan i två steg.
-Titta här, jag gjorde en holografisk utskrift. Här är mina uträkningar och här är informationen från disken.
-Fan, de går ju ihop! Kan du lägga dem över varandra?

Droppteorin

Dina uträkningar säger faktiskt mer än vad informationen gör från disken.
-Vi samkör dina data efter det att du räknat klart, jag kan börja lite med dina uträkningar om du vill medans du gör käket.
-Nej, jag vill vara lika insatt som du, så tyvärr får du nog vänta lite tills efter käket.
-Okej, okej jag blir lite ivrig ibland.
Jag följer med dig ner till köket och tar ett glas rött om du gör mig sällskap.
Tja, varför inte. Bara det inte slutar i en karaoke bar.
-Nej då. Gud vad gott det luktar, nästan lite pepprigt.
-Helt rätt jag har gnott in laxen med citron-peppar. Jag ska göra en obduktion och se om den är klar.
Japp den är färdig likaså potatisen.
Har du lust att duka så skär jag upp fisken och häller av vattnet av potatisen.
De båda smuttade lite av vinet och när allt var framsatt sa Maria; Gud vilken tur jag haft som träffade dig.

Droppteorin

-Ja vad är oddsen liksom. Man kan tycka att jag borde vara mer ledsen än vad jag är, jag menar över mitt forna äktenskap. På slutet så jobbade jag så intensivt och det var inte satt i god jord. Jag skulle ha varit mer förstående, mer hjälpsam på hemmaplan.

-Jo jag förstod det på slutet, du var så pressad, så stressad. Det var tur att du hade stugan som retretplats.

-Ja den stugan var helt underbar. Man klev liksom in i en annan värld där tid och rum inte längre spelade någon roll. Var det ditt förslag föresten, det här med stugan?

-Ja det var det. Jag såg hur stressad du var och hur man slet och drog i dig. Jag var faktiskt väldigt orolig för att du skulle kollapsa med vad vet jag hjärtinfarkt, stroke, repet i källaren, you name it. Därför låg jag på Jeannette om att fixa fram stugan.

-Så nu är maten serverad varsågod och sitt ner så ska jag servera den sköna damen.

-Fniss, sätt dig på din plats dumsnut.

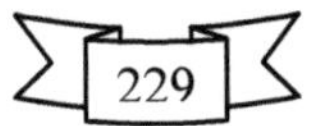

Dropptеorin

Marcus satte sig med sin del av data som han fick med sig från Jeannette. Maria tog hand om disken. Han knattrade en hel del på datorn då det var betydligt mer grafiska fakta både i siffror som i grafiskt framställda modeller. Efter mycket möda kunde även Marcus göra en holografisk utskrift.

-Maria, ropade Marcus.

-Ja vad är det, ropade Maria tillbaks från TV rummet.

-Har du lust att göra en ny holografisk utskrift så tar jag bort skärmen så länge.

-Javist sa Maria och fnattade upp för trappan. Se där du har också gjort en utskrift ser jag.

-Ja, jag tänkte att jag skulle se hur det blev om vi sammanförde våra data.

-Maria gjorde sin utskrift och de la sina hologram över varandra, vips så uppstod ett dolt hologram.

-Vad tusan är det här frågade Marcus.

-Det är radiosignaler från andra sidan barriären, sa Maria. De som bor där är intelligenta och har kommit så långt att de klarar och skicka radiosignaler.

Droppteorin

-Kan det vara vårt nya hem tro. Det borde ju vara samma förutsättningar som på jorden där, eller hur?

-Jo, men frågan är hur avancerade de är. Om de kan assimileras, fördrivas eller utrotas. Personligen hoppas jag på assimilering och utbyte av kunskap.

- Ja starta något krig har jag ingen lust att medverka till.

Droppteorin

Kapitel 24

Dagen efter uträkningarna så skyndade sig Marcus och Maria iväg till HQ. När receptionisten såg Maria och Marcus så öppnade hon direkt grinden och sa varsågoda.

-Hmpf, tack fick Maria fram när de skyndade igenom grinden bort till Jeannettes rum.

-De båda lade fram sin sak och Maria avslutade med vi tycker båda att man bör hålla militären långt borta från denna information. Ska det ske en invasion så kan vi väl börja med fredliga metoder. Och funkar inte det, ja då kan man kanske blanda in militären.

-Jag tycker som ni. Därför skickar vi ut fyra drönare som ska försöka ta sig igenom ytspänningen och homa in på radiosignalen.

Vi är i full gång med att ställa in strömstyrkan för att öppna portalen.

-Alltså, nu blir jag riktigt exalterad sa Maria.

Droppteorin

-Jag med sa Marcus, kan du koppla över live data till våra maskiner hemma, jag menar så kan vi följa utvecklingen hemma.
-Javist, sa Jeannette det finns ingen anledning till att ni ska behöva sitta här i flera timmar. Åk hem ni i stället så kan vi väl höras per telefon i morgon under dagen?
-Javist sa Marcus, tror du man kan se portalen från planetariet. Jag tänkte om man skulle beivra sig med en god lunch där.
-Jo där torde man kunna se hur arbetet fortskrider.
-Då drar vi hem Maria och kopplar ihop våra datorer. Med datorn här på HQ. Hej då Jeannette fick Maria fram när Marcus sög tag i hennes arm och drog med henne ut från kontoret.
-Okej, okej jag kommer Marcus.
-Rackarns rabarber så spännande det blev nu Maria.
-Ja sa Maria när de väntade på sin trolley. Jag kan koppla upp våra datorer om du fixar förmiddags fika.

Droppteorin

Framåt lunchen så drog sig de båda tu iväg till planetariet där de åt en mycket välsmakande lunch och tittade ut över det arbete som drönarna gjorde. Plötsligt blev portalen ljusblå med ett vågmönster varpå de fyra drönarna lätt gled igenom.

-JAG VISSTE DET; FAN DET FUNKAR !!! vrålade en helt exalterad Marcus.

Såg du de bara gled igenom barriären och nu stänger Terra Goova ner strömstyrkan och hinnan blir återställd. Vi gjordc det vi har lyckats med att göra en portal in till nästa civilisation.

Kom älskling vi måste hem och titta på vilka data som strömmar in.

-Sätt sig ner en liten stund. Vi måste ju äta något också. Jag är också exalterad och lycklig det som hänt, men vi måste ha bensin i kroppen om knoppen ska fungera.

-Ja visst du har rätt men jag är så uppjagad just nu.

-Maria vinkade till sig servitrisen och beställde in köttbulla och potatismos med brunsås till.

Droppteorin

-Gud va det låter gott. Jag har nog inte ätit det sedan min mor lagade det till mig när jag var liten. Jag tar också en tallrik köttbullar med potatismos och brunsås. De båda slafsade raskt i sig maten och nästan halvsprang bort mot hissen och hem till rashuset. De slängde sig framför sina datorer och tittade på alla data som strömmade in. Maria skrev ut ett beständigt hologram som blev en bild likt den som man ser från drönarens cockpit.
-Kom och titta Marcus sa Maria.
-Wow sa Marcus. Går det att se varifrån sändningen kommer.
-Det borde det göra Maria plittrade lite på sin dator och lyckades få fram en bild över hu det här universumet såg ut.
-Tänkte du också på hur vi kom in i denna droppe?
-Njae vad då.
-Jo vi kom in i den här droppen direkt. Alltså måste det betyda att dropparna ligger fästa i varandra som t.ex. bubblorna i ett skumbad.

Droppteorin

-Där den planeten där borta är det som sänder signalen vi homat in. Men det är alldeles för långt bort för att dessa drönare ska kunna ta sig dit bränslemässigt, sa en lite besviken Maria.

Låt inte så trumpen Terra Goova kan ta sig dit lätt.

-Maria tog upp sin telefon och ringde Jeannette som även hon gjort denna observation.

-Vi har en portal klar här som är så stor att Terra Goova kan ta sig igenom. Vi har fyra drönare ute nu som håller på med arbetet att montera ihop portalen. Jag beräknar att de är färdiga om ca: 9 timmar.

-Okej då kommer vi in till HQ i morgon bitti.

-Gör det, vi startar inte inflygningen förens ni båda är här.

Den natten så kunde varken Maria eller Marcus sova särskilt bra.

Påföljande morgon så var Marcus och Maria snabbt på kontoret. De bevittnade flygningen genom portalen.

Droppteorin

Nu är vi snart framme. Antingen så blir vi nerskjutna eller också blir vi lyckliga terraformare. Jag hoppas att vi inte kommer att behöva ta till våld…

Kapitel 25 Terraformare

Första kontakten

Materialteamet har gjort ett strålande jobb när det gäller konstruktionen och samspelet mellan Jan och teamet. Jan klev ur sin snälla skepnad likt en ulv som kliver ur sin fåra hud. Men det behövdes ansåg Jeannette och lät det hela bero. Maria gick tyst och ensam en liten promenad på skeppet Terra Goova, skeppet som ska ta dem tiotusentals mil bort mot ett osäkert mål. Kanske de aldrig kommer fram under deras livstid, kanske att deras arbete som är gjort och kommer att göras under resan endast är en grundplåt för kommande generationer. Man får utgå ifrån att universum är krökt likt en vattendroppe och det som håller ihop droppen är en form av ytspänning.

Nästa fråga är vad som finns utanför droppen? Är det ett enormt tomrum där det endast finns ett universum, nämligen den droppe vi kom ifrån. Eller finns det fullt av droppar dvs. universum därute som bara väntar på att bli upptäckta. En

annan ganska viktig fråga att ställa sig är: vad består tomrummet mellan dropparna av, vilken form av materia håller dropparna samman. Några har funderat på mörk materia eller svart energi, samma energi som tros finnas i ett svart hål.
Tänk vad små vi är och hur kaxigt vi har tänkt oss den här resan.
-Tänk så mycket som har hänt sedan Columbus upptäckte Amerika. Alla sa att det var en dödsdömd resa, ändå tog han rodret och hissade segel. När han kom tillbaka blev han hyllad till hjälte...Tror du vi kommer tillbaka och blir hyllade som hjältar.
-Nej, det här är en engångsbiljett ut i det okända.
Vidare så har alla, utom de som jobbar aktivt med skeppet och service inrättningar så som affärer och dylikt, en månads ledigt för att göra sig så hemtam som möjligt.
-Hur är det fatt Marcus du ser ut att ha en plågsam klåda.

Droppteorin

-Ah, det är nog den där jäkla vattenduschens fel.
-Du tvålade väl in dig med duschcreme och schampo?
-Jodå och allt mycket noggrant. Jag såg till att torka bort allt mycket nogsamt också, så det kan inte vara medlens fel heller.
Terra Goova har nått barriären för denna droppe. Man har lyckats bygga en portal som skutan Terra Goova kommit igenom. Vidare har man uppmärksammat och homat in en radiosignal och lyckats identifiera vart ifrån den kommer.
Terra Goova har precis lyckats med att ta sig igenom portalen och Brigader General har tagit plats i kontrollrummet. In kommer radiotelegrafisten som lyckats dechiffrera radio signalen.
-Man använder sig av en sorts taluppsnabbare som är fäst vid struphuvudet och en mottagare som är fäst bakom ena örat. Det får rösten att låta som ett pip och man kan koda sin röst så den bara länkar en viss mottagare.

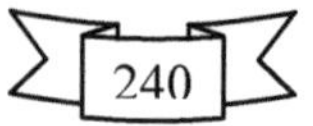

Droppteorin

Jag har fört ärendet vidare till den språkbegåvade befolkningen här ombord. Får man ner hastigheten på rösten så kan man höra vad de säger normalt. Och det jag har hört av språket så är det ruskigt likt vårt eget med vokaler och konsonanter, men som sagt så har jag lämnat det vidare.

-Bra sa Jeannette som också satt vid bordet i rummet tillsammans med Jan, Marcus och Maria. Vi den civila delen av det här bordet vill hålla den militära nivån så låg som möjligt. Det måste gå att civilt få kontakt med ortsbefolkningen och därigenom etablera en assimilation. Jag skall höra med materialteamet ombord om det inte skulle kunna gå att få fram någon form av språkchipp.

-Visst, sa Generalen. Men mina order är att till varje civil som går ner ska jag skicka med 200 man stormtrupps soldater.

-Så om vi går ner alla 4 så blir det 800 man?

-Korrekt.

Droppteorin

-Herregud det blir ju en halv by i småland, finns det inte något kryphål för att minska antalet soldater? Vi kommer ju inte precis att inge något större fredligare intryck.
-Njaä, det kan finnas ett kryphål till att få ner mansstyrkan till hälften. Men det kräver att ni var och en på film avger ett löfte om att ni gör detta frivilligt och avsäger er skydd från Terra Goova.
-Då gör vi så, om alla är eniga. Tvekar någon så gör det nu.
Då beslutar jag att vi utan Brigader General som sitter vid det här bordet följer med ner till planeten som den första kontaktgruppen. Vi är alla införstådda med att vårt militära skydd är halverat? Bra.
-Hur ser det ut rent millitärt nere på planeten frågade Maria Generalen?
-Det verkar inte som om de har någon bestyckning av vapen synliga, kanske de inte har konceptet ”vapen” etablerat. Det verkar faktiskt som om de använder diplomati snarare än vapen.
Väl nere på planeten så ställde militären

upp sig i fyra hörn med Jan, Jeannette, Maria och Marcus i mitten. Jan, den som var psykologiskt utbildad, tog till orda och förklarade genom översättnings chippet han hade fäst på strupen, att de inte ville något ont utan var en forsknings expedition från planeten Tellus. Som ligger i ett universum nära detta.

-Truppen av soldater som vi har med oss nu är enbart med som skydd då vi inte känner er än.

-Vi önskar tala med de som styr ert samhälle, vi återkommer om två dygn. Alla soldater och civil personal packade in sig i sina rymdfärjor.

-Hur tyckte ni det gick frågade en nervös Marchus. Personligen kändes det inte som om vi fick någon kontakt med befolkningen.

-Nej, svarade Jan. Vid nästa möte bör vi nog bestycka Terra Goova och föra ner henne i atmosfären så hon ligger väl synlig för

Befolkningen. Att inte visa några känslor kan både vara bra och dåligt. Bra är det

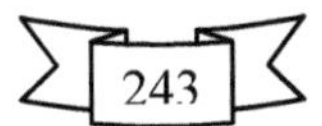

ju om de inte tycker att vår ankomst spelar någon roll och att vi är välkomna. Dåligt är ju om det visar sig att de är känslokalla psykopater. Projekt assimilering kan snabbt övergå i krig. Mitt råd är att vi skickar ner soldater som får rigga upp en holografisk bild av oss fyra. Då kan vi hålla ett mer avslappnat möte med de som styr planeten. Kanske att vi får en bit mark som vi kan kalla vårt hem. Får vi inte det föreslår jag att vi släpper ned atombomber och marksoldater. Vi måste kanske ta det vi vill ha istället för att jamsa. Vi blir den styrande kraften här på planeten. Vi kan tala om vilka lagar och regler som gäller. Jag ska ta upp detta med Generalen när vi kommer fram.

-Generalen höll med om att det nog vore klokast om inget revolutionerande hände. Men han tycker också att vi bör gå den fredliga vägen först. Om inte det fungerar låter han atomkriget börja, eller helvetets eld ska brinna.

-Vi har maskiner som kan ta hand om radioaktivitet efter det att allt lugnat ner

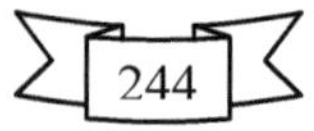

sig.
Vi har även alla andra upptänkliga maskiner och utrustning både vad det gäller kultivering och exploatering av mark som gör den brukbar. Vi har även avelsdjur i form av de kreaturen vi har på Tellus. Dock bör nämnas att dessa djur endast finns i en väldigt liten skala, därför måste en enda tjur göra många kor dräktiga. Fåglar däremot har en väldigt kort livscykel. Där kan vi snabbt få upp en stor stam med tamfåglar vilka kommer att bli vår primära källa till protein. Alla former av fröer och plantor ligger frysta och kan användas direkt. Ingen upptining behövs. Vad vi först måste göra är att hitta ett vattendrag i form av fors eller sjö som har sötvatten. Vidare så måste vi bygga ett vattenreningsverk och dra ledningar för vatten & avlopp. När allt detta är gjort så kan vi börja bygget av villorna som blir de första boningshusen på denna planet. Det finns 15 000st färdiga byggsatser med hus som bara behöver iordningsställas.

Droppteorin

Kriget var ofrånkomligt då Jans och Jeannettes förslag om samhörighet bortkastades helt. Deras gud som var så mäktig att den skulle se till att vi försvann, det var bybornas inställning. Jan ropade upp till Generalen och sa det går inte att resonera med dem. Släpp de 4 första atommissilerna när vi har åkt härifrån.
Terra Goova bemannade alla skytte ställningar. Fyra missiler med atomladdning avfyrades åt var sitt väderstreck totalt sett 14st missiler. Terra Goova cirklade runt hela planeten och gjorde samma sak så hela jordytan var täckt av missiler. Inget liv återstod. Generalen ombord deklarerade att uppdraget är slutfört, vi bör vänta ca en månad för att vänta ut de sista radiacförgiftade ortsborna på planeten. Sedan är allt dött och vi kan skicka ner "damsugarna" som tar upp allt radioaktivt avfall och rensar allt från beccerel förgiftningen.
-Jaha, sa Maria. Då får vi väl åter två veckors semester eller vad tror du

Jeannette?
-Tja, vi är ju framme vid något som skulle kunna tänkas vara vår nya hemplanet så varför inte fira det med några dagars semester. Vi har ju hela livet på oss att bygga upp det samhälle vi vill ha. Det viktiga är ju att vi får bort radioaktiviteten från planeten och det sköter gänget i kontrollrummet.
-Inte för att jag är så särskilt religiöst lagd men borde man inte göra någon form av avtackande till befolkningen som en gång bodde här. Vi har ju förstört ett helt samhälle med djur, växter, och intelligent liv. Vad gav oss egentligen rätten till detta.
-Du har rätt Maria, vi ska göra en staty och minnesmärke på den plats som striden började. Vi kanske rent av ska införskaffa en röd dag i almanackan. Det som skett är ju inte helt olikt dinosauriernas utdöende på Jorden.

Droppteorin

Kapitel 26

Fiaskot

Den natten kunde inte Marcus sova, han kunde inte sluta tänka på de liv de nyss släckt. Men vi visste ju att Terra Goova var en enkel biljett till något ovisst. Att vara så känslokall och rå till att utrota en hel planet i suktan för mer jord. Som i slutändan ska leda till mer pengatillväxt. Vi tyckte att ortsbefolkningen verkade knepiga men när det i själva verket var vi som var de knepiga. Det var vi som tryckte på den röda knappen UTAN att ha blivigt attackerade mer än verbalt. Det får mig att undra lite över vem som var överlägsen vem. Vem är det egentligen som har rätt till den här planeten vars liv vi utrotat. Rent filosofiskt så undrar jag vem som är skurken i det här dramat. Vad vi BORDE ha gjort är att lätta ankar och flyga vidare till nästa beboliga planet.

-Marcus, hur är det fatt, frågade en orolig Maria som låg jämte honom?

-Ah, jag kan inte sluta att tänka på bombningen av planeten. Vad gav oss

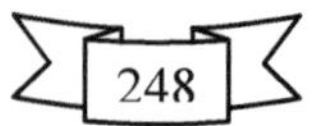

rätten att slå ut en hel planet? Jag kan inte undgå att tänka mig vår egen historia på Tellus. Utdöendet av dinosaurierna kanske inte alls var naturens nycker utan kanske utomjordisk rensning. Jag kan vidare se likheten idag med utrotningen av judar, polacker och zigenare. Vi ser oss gärna som en ras med de högsta etiska värderingarna. När vi helt lätt slaktar en hel planet, vi har till och med maskiner som tar hand om alla kadaver och strålning. Kvar lämnas ett förhoppningsvis bördigt område där vi kan börja kultivera och odla våra grödor. Fan vi vet inte ens om jorden är kompatibel med våra grödor.

-Sch, sch, sch ta det lugnt och andas lite med mig.

-Hur då det finns ju knappt något syre här inne.

-Öppna ett fönster och vila örat mot min mage. När magen guppar upp andas jag in, när jag sjunker ihop så andas jag ut.

-Men ja…

-Tyst nu och gör som jag säger, in, ut, in, ut. Vi andas in och vi andas ut.

Droppteorin

Snart somnade Marcus och Maria gick över till sin sida av sängen. Hon lirkade in sin arm under Marcus huvud och gosade sig nära honom. Hon somnade snart och vaknade till en fanfar av musik, det var klockradion som startade.

-Du Marcus?

-Ja?

Skulle vi inte kunna åka ut till stormarknaderna idag? Jag är lite sugen på nya tapeter och färg. Jag skulle också vilja titta på lite nya lampor.

Marcus tog tag i Marias hand och sa: tack för igår…Hur skjutton kom du på det knepet?

-Du menar med andningen?

-Ja

-Skratta inte nu men jag har läst en del barnpsykologi och barnavårdskunskap. Där fick vi lära oss en del knep t.ex. hur man söver ett barn som inte kan sova.

-Jaså är du barnskötare?

-Japp jag gick 2 terminer innan jag kom på att matte var roligare, därför bytte jag inriktning till det naturvetenskapliga hållet. Att dissekera ett koöga var hundra

gånger roligare än vad det var att byta blöjor på ett kollikskadat barn.
-Jag förstår dig till fullo. Att inte ta tillvara ditt interlekt är nästan en av de tre döds-synderna.
Men jag förstår inte riktigt varför du ville åka ut till stormarknaden och köpa tapeter och färg? Vi ska ju snart (förhoppningsvis) bosätta oss i ett av firmans små söta hus. De ska ju bara monteras och vatten, avlopp & el ska också dras in. Men vet du jag tror inte det blir så stort jobb. Om IKEA har lyckats kränga möbler i byggsats så ska nog Terra Goova Enterprise med sina elitingenjörer lyckas fixa bostäder som är relativt snabba att sätta samman. Vi borde nog istället fara ner till Jeannette och se vilka hus det finns att välja mellan, innan alla andra har plockat ut det gottigaste.
-Du har nog rätt min lilla dumsnut. Vi åker ner till HQ i eftermiddag och ser hur landet ligger. Kanske att Jan och Jeannette är där, jag är nästan helt säker på att Jeannette jobbar.

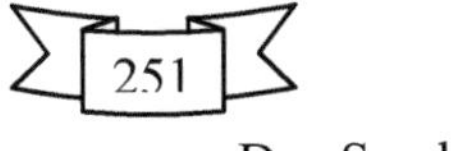

Droppteorin

De båda tu tog en trolley ner till HQ och upptäckte att receptionisten var borta och grinden in till kontorena stod öppen. De knatade in till Jeannette som stod askgrön i ansiktet med Brigader General.
-Varför stod grinden uppe och var är subban till receptionist?
-All civil personal som inte direkt arbetar med terraformering är frisläppta.
-Varför då?
-Därför att vi gjort stans värsta maja. Befolkningen nere på planeten har ett naturligt motstånd till radioaktiv strålning, och de är lite småsura på oss som bombade söder hela deras planet. Därför är marsal law deklarerad och vi svarar numera till Brigader General.
-Herregud de lever alltså, sa Marcus helt upprymd. Det ger oss ju en chans att återigen föra en civil assimilation. Troligen är de mer medgörliga nu när de inte har något materiellt kvar. Vi har ju något att sälja som de måste ha. Om vi åtar oss att bygga upp allt igen, återställa det i nytt skick, så kanske men bara kanske att vi kan bli vänner.

Droppteorin

-Vi har robotar nere på planeten som håller på att sätta upp en bas fri från strålning. På denna bas så kommer det att finnas en liten fabrik där vi kan reproducera det nödvändigaste så som nya bostäder sjukhus osv. Av våra 15.000 bostäder måste 10.000 oavkortat gå till invånarna på planeten.
-Det betyder alltså att några får vänta med bygget av sina hus?
-Ja, om vi nu lyckas bli sams med invånarna. De lider brist på mat, bandage och läkarvård. Ett flyktingläger med tält är uppsatt av robotar på 8 platser av planeten. Invånarna är mycket chockade och många är svårt skadade av tryckvågen samt all runtflygande bråte som uppstår vid en så kraftig explosion som en atombomb utgör.
Telegrafisten kommer instormande;
-Ett meddelande från befolkningens ledare säger att vi är mäktigare än deras gud. De kommer att vara oss trogna och förkasta sin gud.
-Okej brigader general nu är inte det här ett ärende för militären längre, utgå.

Droppteorin

Generalen lämnade sin post och beordrade samtliga soldater på planeten att lämna området. All civil personal på Terra Goova återinställs.
-Jag anmäler mig som frivillig att åka ner till planeten för att ta personlig kontakt med befolkningen, sa Marcus.
-Jag följer med dig, sa Maria.
-Okej då kordinerar jag allt härifrån, fick Jeannette fram. Färgen i ansiktet hade nu återigen blivit normal.
-Vi åker om två dagar och då vill vi ha med oss förnödenheter som behövs i det lägret som ligger närmast oss. Vi behöver mat, dryck, mediciner och byggmaterial till de 10.000 bostäderna som finns ombord. Vi måste skänka bort dessa bostäder för att visa lite goodwill.
-Ja sa Jeannette. Vi skänker 10.000 bostäder och behåller 5.000 då vi behöver dessa för att starta en terraformering och bygga upp en samhällerlig konstruktion.
Men det följer väl inte med några militärer den här gången hoppas jag, frågade Marcus?

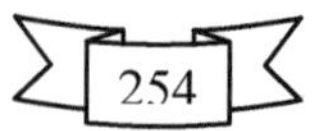

-Nej det här är en helt fredlig och humanitär insats svarade Jeannette.

Kapitel 27

Humanitär hjälp

Dagen då avresan skulle äga rum började det packas och stuvas i de tre rymdfärjorna som skulle åka ner till planeten.
Ett helt koppel av ingenjörer, byggarbetare och sjukvårdspersonal följde med tillsam-mans med Maria och Marcus. Allt var knutet till en humanitär resa där man i första hand skulle hjälpa och lindra de som bodde på planeten. Maria var sugen på att utforska vilken jordmån det var, om deras grödor som de hade med sig skulle kunna fungera i denna jord. En annan förhoppning var att någon eller några personer ville följa med upp till Terra Goova på en diplomatresa, för att se hur vi levde. Kanske man kan se likheter snarare än olikheter.
Skytteln landade nära ett flyktingläger där det fanns sårade och bostadslösa jordbor. Man lastade ut all sjukvårdspackning och reste ett sjukhustält där man direkt kunde börja

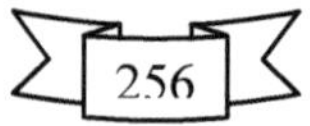

hjälpa sårade jordbor. Med tält menar jag inget tält i vanlig bemärkelse utan det hela var som en liten stad där det fanns operationssal, matsal, inkvartering och naturligtvis en mäss. Många som var i lägret hade mist anhöriga och var djupt chockade, rädda och misstänksamma för oss människor som befann sig i tältlägret. Inte helt utan anledning då vi ju faktiskt förstört i stort sett hela deras liv.

Maria strosade runt lite utanför lägret och tog sina prover på jordmånen. Proverna la hon i en speciell väska som var skumgummivadderad. Hon staplade sammanlagt 8st väskor i en skyttel. Hon försökte se om det fanns några växtdelar som överlevt atombombningen. Och tror du inte på tusan ca: 1/2meter ner i jordmånen så sprudlade det av liv. Hon hittade rötter, maskar och fröer i oändlighet. Tydligen så kom inte strålningen åt livet under marken. Det verkar som det bara var en vind av radioaktivt strålning som enbart slog ut livet ovanför marken. Strålningen är

alltså väldigt dålig på att gräva sig ner i nivå under detonation. Maria samlade upp en hel literpåse med diverse olika frön, likadant gjorde hon med maskarna som är väsentligt då det gäller att kultivera jorden. Sedan tog hon hjälp av en grävskopa som grävde upp ett lass med matjord. Allt detta stuvades in i den tomma skytteln som for iväg till Terra Goova efter att Maria klivigt av igen. Hon letade upp Marcus som spontant börjat assistera vid sjukvårdstältet.
-Jaså du har blivit sjuksköterska också, det var dolda tallanger.
-Det är så många individer som vi har skadat som är så vilsna, och jag känner mig så skyldig. Jag var ju med och bestämde att vi skulle utplåna allt liv på den här planeten så att vi själva skulle få ha en egen planet, snyft. Det är inte mer än rätt att jag hjälper till att få ordning på invånarna här igen, Marcus snyftningar hade övergått i attacker av gråt. Många är döda men det kommer ständigt en strid ström av nya skadade och chockade människor. Men jag är väldigt glad att vi

får chansen att börja om med bekantskapen av invånarna här på planeten. Det var guds försyn att de hade en inbyggd motståndskraft mot radioaktiv strålning.
-Marcus du är i första hand kemist och matematiker. Är det inte bättre att vi tar oss an det vi är bäst på och låter den sjukvårdsutbildade staben sköta sitt?
-Jo du kanske har rätt, men jag vill bara ställa allt till rätta igen.
-Kom Marcus nu åker vi hem till vårat lilla radhus igen. Maria tog ömt Marcus hand som nästan skakade av anspänning och ledde bort honom till en tom skyttel. Vi ska åter till Terra Goova sa Maria till kaptenen ombord.
Marcus sa inte ett enda ord på hela resan han tittade bara ner på golvet. För att uttrycka sig korrekt så var Marcus en bruten man.
Väl på Terra Goova var allt som vanligt med affärer, människor och restauranger.
-Kan vi inte bara åka hem till oss, snälla Maria.

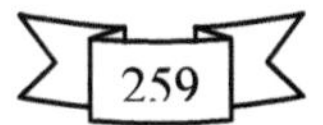

Jo visst ska vi det, Maria ringde efter en trolley som körde dem hem. Hem till sitt lilla lugna och trygga hem med en vimpel hängandes på gaveln. De gick in i huset och Marcus satte sig förtvivlat ner på en köksstol. Lova mig att vi inte åker tillbaka till planeten förens vi har något väsentligt att uträtta där som hör till vår profession.

-Jag lovar älskade dumsnut. Men vet du vad jag gjorde nere på planeten?

-Nej…Faktiskt så har jag inte en aning om vad du gjorde när jag stod och lekte sjuksköterska.

-Lekte och lekte, jag tyckte nog att du hade god hand om flyktingarna. Jo jag tog en stor mängd jordprover och hämtade en massa fröer som låg ca: en halvmeter under ytan. Jag tänkte det skulle vara spännande att se om våra fröer och grödor var kompatibla med jorden. Vidare så tänkte jag att det ska bli spännande att se vad som kommer upp av de fröer jag hämtat från planeten. Jag tänkte kanske att du har mätinstrument för att se om jorden är sur

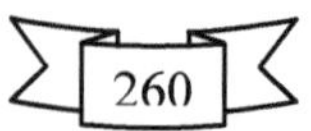

eller basisk, näringsrik eller kalkrik och näringsfattig.
- Får jag bara vila lite så kan vi åka ner till depån nu ikväll för att påta lite i jorden om du vill.
-Medans du vilar en stund så tar jag och bakar några bullar.
Tack Maria, jag är verkligen helt slut så jag lägger mig direkt. Är du snäll och väcker mig om jag skulle somna?
-Javisst kan jag göra det.
När bullbaket var klart så dukade Maria fram två stora glas, en kanna mjölk och ett stort fat med bullar.
Hon gick upp till Marcus som sov djupt. Hon satte sig på sängen och gav honom en bamsekram och viskade i hans öra att det var dags att kliva upp nu.
Marcus vaknade mjukt och kramade Maria tillbaka.
-Det finns alldeles nybakade bullar med mjölk därnere.
-Jag kommer sa Marcus och steg ur sängen. Gud vad skönt jag har sovit sa Marcus samtidigt som han torkade sömnen ur ögonen.

Droppteorin

Han gick ner för trappan och satte sig vid köksbordet och provsmakade en bulle. Gud vad goda de är sa Marcus helt spontant.

-Tack sa Maria som också satte sig vid bordet. Det är meningen att man ska ta lite mjölk till också.

Marcus hällde upp ett glas mjölk och bara njöt av bullfesten.

Tänk vilken tur jag haft som träffade dig och att vi fann varandra.

Droppteorin

Kapitel 28

De båda tus samarbete

Efter bullkallaset så ringde Maria efter en trolley som skulle föra dem ner till depån där jordproverna fanns.
Marcus plockade ihop Marias bärbara dator som inte var mycket att ha när det gällde mattematiska uträkningar, men var en fena på att behandla data.
Trolleyn kom som vanligt snabbt och Marcus och Maria lastade in sina saker och hoppade in.
Väl framme vid depån så lastades det ut alla grejorna. Maria som varit vid depån tidigare hämtade en säckkärra modell större. De lastade på alla grejorna och Maria visade vägen.
När de väl kommit fram så var magasins-utrymmet helt sprängfyllt med jord och diverse rötter och fröer.
Proverna som Maria tagit på jordmånen var tagna med rör som hon stuckigt ner i backen och sedan pressat ut i ett sorts magasin. Totalt var det 30st prover tagna och vart och ett nogsamt dokumenterat angående plats lutning osv. Sedermera så

hade hon med hjälp av en grävmaskin tagit ett väldigt stort och grovt prov på drygt ett ton.
Marcus satte igång med att testa proverna, han lyfte försiktigt upp kolvarna på en arbetsbänk och dokumenterade noga resultaten i Marias dator. När han gått igenom tre av kolvarna så sa Marcus med lite låg stämma; det finns stora mängder guld här. Det finns även allt annat som växterna behöver och ph värdet är inte heller något att klaga på. Vad tycker du? Ska vi berätta för Jeannette om guldfyndigheterna med risk för att det kommer att startas en gruva här med all förorening och exploatering som det innebär. Ortsbefolkningen kommer att hamna i tredje hand och gruvfyndigheterna kommer att komma i första hand. Allt humanitärt arbete kommer att ses som en bisak, en hobby, något som kan visas fram som en front när det ställs besvärliga frågor.
-NEJ, vi ska inte berätta något om guld-fyndigheterna. Vi ska enbart fokusera

oss på huruvida det går att odla grödor som vi kan äta här.

-Okej, sa Marcus med en lite lättad stämma. Vidare så ser det ut att finnas alla andra nödvändiga salter och mineraler som behövs för att odla den maten vi är vana vid. Jag har matat in alla värden i din lilla söta laptop som visat sig näst intill oumbärlig just nu. Jag tar genast tillbaka fnyset jag gjorde i butiken där du köpte den.

-Hämta tre miniväxthus från förrådet är du snäll Marcus.

Marcus lomade iväg till förrådet och kom tillbaka med tre st. lådor med ett genom-skinligt plastlock till.

-Nu måste vi vara väldigt försiktiga och enbart ta toppen på jordprovet. Tar vi för mycket så får vi ett felaktigt resultat.

Maria tog fram en kniv och skar proverna ungefär lika omtänksamt som om hon skurit en rulltårta.

Marcus pulade i jorden i krukorna och Maria började så havre, vete ja alla möjliga sorters grödor. När allt var klart

slog Marcus en liten blick på jordhögen som vägde ca: 1ton.

-Vad ska du ha den till frågade han lite försiktigt.

-Jo till den ska vi hämta tre stycken täta pallar med tillhörande pallkrage. Vi ska sedan borra ett gäng hål i botten så att det bildas en dränering. Därefter så ska vi fylla de tre lådorna med lecakulor och sedan toppa med jord. Sedan kan vi så lite tyngre grödor som potatis, morötter och rödbetor. Det blir ett ungefärligt likadant test som havren och vetet men vi testar det som ska växa under jord. Jo just det jag samlade ett gäng maskar också, dessa ska också planteras ner i de tre jordlådorna. De båda planterade och sådde för glatta livet när allt plötsligt var klart.

-Jaha och vart ställer vi lådorna nu då, de behöver ju dagsljus om de ska kunna växa.

-Hämta den hydrauliska gaffeltrucken och kör ut de tre lådorna i växthuset. De andra små lådorna tycker jag vi tar hem till oss.

-Hem till oss?
-Ja som ett slags krukväxter. Dels för att jag vill att de får ett konstant flöde av vatten och dels för att jag gillar krukväxter. Jag tycker om att se när saker gror och växer samtidigt kan jag kontrollera hur bra de växer i den nya jorden. Det ska bli jättespännande att se vad det är för växter i de fröer som jag hittat där jag tog jordproverna.
Marcus gick med snabba steg bort för att hämta trucken. Han lastade och körde bort lådorna en och en i det han tyckte verkade vara det optimala ljuset. Maria stod med sina tre små växthus och väntade.
-Jaha då tar vi väl en trolley hem då eller vad säger du Maria.
-Visst, om du ger mig ett handtag här så ska jag ringa efter taxin.
Trolley´n kom och de lastade in växthusen och sig själva.
Väl hemma så dirigerade Maria Marcus vart växthusen skulle stå, det fick inte vara för mörkt, inte för ljust och inte för svåråtkomligt vid vattning.

Droppteorin

Det är svårt när två forskare med så spritt forsknings område ska samsas om en så enkel sak som var krukväxter ska stå placerade.

-Maria kan inte det vara du som har huvudansvar för vattning osv.?

-Jovisst om du vill det så tar jag gärna det på min lott.

-Vad snabb och skarp din lilla laptop var, jag var nästan orolig att jag glömt veven. Men den sparkade igång och hanterade datain-flödet som en fena.

Kapitel 29

Assimilering???

Nästa morgon så vaknade Marcus tidigt han kom på att det fans en diffus önskan om att ta med sig någon eller några från planeten upp till Terra Goova.
-Du Maria? Visst fans det en idé om att låta en eller några personer från planeten få komma upp hit till Terra Goova som ett diplomatbesök.
-Gäsp, jo det är sant den idén fanns och jag tror den finns i tankarna fortfarande.
-Kan inte du och jag ta oss ann den saken? Jag menar det skulle vara väldigt roligt att få visa hur vi har det, att det inte bara är militärer och destruktiva saker i vår tankevärld. Och försöka förklara att vi har för avsikt att bosätta oss på deras planet och försöka samsas med invånarna på planeten. Ett lite trevande sätt till assimilering. Vi måste ju även, detta är pinsamt, ta reda på vad de kallas för. Vi heter ju människor men vad kallar dem sig själva för.
Sedermera så bör vi ju visa vilka hus som det finns att välja på. Vi har ju allt

som allt 15000st hus 10 000st är vigda till invånarna 5000 är tänkt att vi själva ska ha. Jag tycker inte det är mer än rätt att ortsbefolkningen får vara med och bestämma vilka hus de vill ha. Jag ska ta upp detta med Jeannette idag.
-Muff, ja gör det, du får ursäkta men jag är så vansinnigt trött. Kan inte du fixa kaffe och mackor så drar jag mig en liten stund till?
-Jo visst kan jag det sa Marcus samtidigt som han klev ur sängen. Han gick ner och hämtade tidningen och satte på kaffe och kokade några ägg.
Han lade ifrån sig tidningen och mumlade för sig själv, det skulle vara kul att få vara med när vi tar upp några jordbor hit till Terra Goova. Att få bjuda på vår egen mat visa hur bostäderna ser ut… vi har ju ett ganska stort överskott på bostäder här ombord, skulle det inte vara smart att forsla upp några jordbor och inkvartera dem här i de tomma bostäder vi har till vårt förfogande.
-"Pling"!!!

-Visst sjuttsingen äggen. Marcus hällde av vattnet och lade upp äggen i äggkopparna och tog fram smörgåsarna, smöret och pålägget.
-Maria det är frukost nu. Ropade Marcus från köket
-Jag kommer, hördes en jämmerlig röst. Maria dunsade ner för trappan och kom ut i köket alldeles nyvaken. Mmm, det luktar gott av kaffet min lille snuttgubbe. Under frukosten så presenterade Marcus sin idé om att låta några jordbor få komma upp hit till Terra Goova.
-Det låter inte alls så dumt, sa Maria. Vi har nog fler likheter än olikheter. Jag ställer mer än gärna upp på en sådan idé. Jag tror inte att Jeannette har något emot att det är du och jag som håller i trådarna och styr med det praktiska arbetet kring projektet. Vi kan väl dra iväg och prata med henne nu efter frukost?
-Tack för att du håller med mig i mina tokiga idéer. Jag håller fortfarande på att vänja mig vid att den som sitter på andra sidan köksbordet tänker som jag och inte bara grötar till och förstör mina idéer,

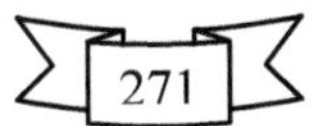

även om de inte alltid är dem bästa. Vi snackar med Jeannette nu på förmiddagen sedan tycker jag vi belönar oss själva med en ordentlig trerätters supé, med all den dryck som dit hör såsom aperitif, öl, vin och en stark dryck till kaffet. Vad säger du om det?

-Låter spännande, men jag skulle nog hellre åka upp i planetariet och beställa in en kall öl att dricka innan huvudrätten och sedan ta en flaska vin till maten. Sedan min gode man så kommer vi att vara så sletna att vi behöver ta oss en liten lur.

-Den idén var inte dum, det var ju nästan där som vår kärlekshistoria började. Och den har bara vuxit sig starkare och starkare för var dag.

Om jag tar disken efter frukost så kan väl du hoppa in i duschen?

-Nej, vi hjälps åt med avdukning av bord och inplockandet av disken. Sedan kan vi hoppa in i duschen tillsammans.

-Tillsammans???

-Ja så kan du få hjälpa mig med mitt långa hår och jag kan skrubba dig på

ryggen. Allt annat är en ren bonus, sa Maria fnissandes.
-Marcus kände sig lite smått generad när han tyst svarade okej.
De båda jobbade snabbt och intensivt med att duka av bordet och slänga in disken i maskinen kasta av sig kläderna på golvet och stojandes och stänkandes hoppade in i duschen.

CENSURERAT

Väl nere på kontoret fick de faktiskt vänta på Jeannette. Deras ärende var inte särskilt brådskande. Receptionisten var som vanligt beredd på att Maria slet upp bommen och rusade in. Men inte idag. Hon förstod att Jeannette troligtvis har massor att göra på sin agenda och vi skulle bara få vänta i 20minuter.
Väl inne hos Jeannette så presenterade Maria och Marchus sin idé om att ta upp ett antal jordbor på en diplomatisk resa till Terra Goova. Smart vore ju om vi kunde identifiera någon styrande politiker, men går inte det så tar vi några som tycks sugna på en sådan resa. Sedan är det ju det här med boendefrågan. Vi

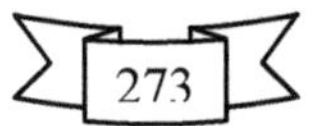

skulle ju kunna använda de tomma bostäderna här på Terra Goova som flyktingbostäder.
-Det var hemskt vad ni har grubblat på det här, sa Jeannette.
-Ja, jo vi tycker det skulle vara roligt och spännande att få möta invånarna och visa dem hur vi har det och vilka vi är. Att inte allt kretsar kring krig, svält och elände. Vi vet ju inte ens vad de kallar sig.
-Då klubbar vi det. Ni åker ner imorgon klockan 10:00 ni får följe av 4st rymdfärjor. Er mission blir att först försöka utröna vilka de styrande är, går inte det så får ni lassa färjorna fulla med invånare som är sugna på att se hur här är. Kanske till och med kan tänkas vara intresserade av att flytta upp hit provisoriskt tills vi har fått igång iordningsställandet av husen. Jag pratade med byggchefen igår han sade att ca: 40% av totalantalet husbyggsatser är flerfamiljs-hus några så höga som 4 våningar.

Droppteorin

Mycket av byggmaterialet finns ju redan på planeten så som sand, vatten. Och det finns säkert mycket kalkberg att bryta, så alla komponenterna till murbruk och betong finns.

Droppteorin

Kapitel 30

Maria och Marchus stod redo följande morgon klockan 10:00. Kaptenerna till de fyra rymdfärjorna gjorde entré och en av dem gick fram till Maria och Marchus.

-Jaha, det var ni som skulle åka med ner till planeten i form av en diplomatresa.

-Ja, jo men ska ni inte packa kärrorna fulla innan vi åker.

-Det jordes i natt när färjorna stod här och väntade på oss, vi har även dressat färjorna med Terra Goovas emblem både på sidorna av rymdfärjorna och två flaggor i fören av skutorna. Ta på er hjälmarna nu och sätt på ert headset.

Kaptenen rullade upp jalusinen som var en vägg mellan kapten och passagerare. Nu satt alla tre och kunde prata med varandra ungefär som när man kör bil. Det rullade fram en liten bil med en stor krok längst bak. -Vad är det där för en liten lustig bil frågade Marchus?

Droppteorin

-Det är utbaxaren. Vi får hjälp att komma ut i rätt flyg kanal. Vi slipper massa onödiga olyckor då.
När färja 18769 med passagerare Maria och Marchus nu lämnat lufthamnen. Kände sig Maria en aning rädd och dum inför resan.
-Är det okej om vi fäller ner jalusinen igen, frågade Marchus kaptenen?
-Ja visst självklart, väggen är nästan helt ljudisolerad så vill ni ha en stund för er själva så går det bra.
-Hur är det fatt Maria frågade Marhcus ömt. Har du ångrat dig angående resan?
-Nej, nej absolut inte jag tycker det är en aning obehagligt att lämna ifrån sig mitt liv i någon annan människas händer.
Marchus flyttade över till Marias plats och höll om henne inte sådär som en kompis kram utan mer en aggressiv kram som får allt att bara stanna upp några få sekunder men som känns som flera dagar.
-Titta där är planeten den ser lika vacker ut som vår planet, Tellus, gjorde en gång i tiden.

-Den är vacker…Hoppas bara den får förbli så även när vi flyttat ner. Att vi inte bara suger ut och förstör. Att inte pengabegäret ska bli för stort, så stort att mänskligt värde upphör att existera.
-Låt inte så mellankolisk Maria, det är ju du, jag, Jeannette och Jan som kommer att styra mänsklighetens rofferi.
-Vi närmar oss inflygning till läger nr. 7 nu. Sätt på er säkerhetsbältena nu, sa en vänlig men bestämd kapten. Jag ska försöka göra en så pampig inflygning som jag bara kan.
När färjan stannat så kom det en trappa framrullandes och en blandning av människor och jordbor skapade en korridor genom vilken Maria och Marcus gick. Korridoren slutade vid en bil där de båda hoppade in. Det var en jordbo som körde och ingen människa. Maria försökte prata med chauffören genom chippet hon hade fäst på strupen för att ta reda på vart vi var på väg. Chauffören var mycket vänlig och korrekt i sitt uppförande och försökte lite knaggligt att tala om att vi skulle till

deras parlament, där de som styrde planeten fanns.
-Det är nu det är dags att knyta de livslånga banden som ska föra oss människor så nära dessa jordbor att vi kommer att bli ett, sa Marchus samtidigt som han kramade Marias hand.
- Jag måste bara få fråga, vad kallar ni er för? Vi heter människor men vad heter ni?
-Vi kallar oss solen och månens barn, i dagligt tal Solmånsbarn.
Väl framme vid ett lite större tält område med vita tält, flaggor och vimplar hängandes utmed sidorna.
Det stod en samling mycket alvarliga jordbor eller solmånsbarn utanför tältområdet som var och en tog i hand.
Väl inne i tältet så öppnades en sal där det fans en liten scen och en talarstol.
Talmannen fattade sig mycket kort och lämnade över mikrofonen till Marchus.
Marchus höll ett ganska långt tal där han presenterade vart vi kom ifrån och att vi i grund och botten inte vill något illa, detta trots bombningen av er planet. Det

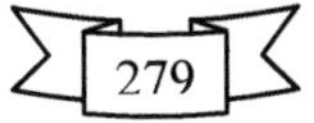

hela skedde pga. ett miss-förstånd. Vad vi vill med denna resa och ankomst till er planet är att leva sida vid sida med er som jämlikar, som bröder och systrar. Vidare så skulle vi vilja ta med oss er som styr den här planeten på ett diplomatbesök upp till vårt moderskepp Terra Goova. Kanske vi kan se likheter oss emellan snarare än olikheter.
Marchus tackade för ordet och gick för att sätta sig.
Diskussionerna gick fram och tillbaka vilka som skulle få följa med upp till skeppet. Till slut hade alla enats om en grupp om 30 personer.
-Då far vi upp till skeppet om 6timmar sa Marchus. Då hinner alla göra sig i ordning i lugn och ro. Han tackade för ordet och gick tillsammans med Maria ut till bilen.
-Hur tyckte du att det gick Maria frågade Marchus.
-Strålande, du var lugn, korrekt och inbjudande.
-Tänkte du också på att det bara var män i församlingen Maria.

-Jo jag noterade det...Hoppas det bara var en tillfällighet för annars får de nog problem på Terra Goova.
Bilen rullade in på vad som kan beskrivas vara Terra Goovas basstation.
-Vi går väl och ser om vi kan få något att äta eller vad tycker du Maria.
-Jepp, vi ser vad som står på menyn.
-Spaghetti låter gott sa Maria.
-Tycker jag också låt oss ta var sin portion.
De tog var sin tallrik och gick och satte sig.
-Glöm nu inte bort att vi är diplomater och bör uppträda som sådana, viskade Maria till Marchus.

Droppteorin

Kapitel 7

Diplo, diplo, diplomater

-Öh du Maria, är det inte meningen att vi ska sitta där borta vid det fina bordet med vit crepsduk, ljusstakar och små flaggor?
-Du menar bordet där det sitter både solmånsbarn och människor av högre rang?
-Ja.
-Du har nog rätt vi smyger oss bort till toaletterna som finns bakom dig så gör vi en ny pampigare entré.
Sagt och gjort de klev ut ur toaletterna och bad det lilla musikbandet som stod efter väggen spela en liten fanfar musik.
-Håll armkrok med mig nu så går vi bort och tar våra platser Marchus.
De gick bort till bordet och bandet slutade spela. Alla runt bordet reste sig upp varpå Maria och Marchus satte sig ner och tog på sig sin servett.
Det kom fram en servitris som var ett solmånsbarn och frågade vad de ville äta och dricka.

Droppteorin

Både Marchus och Maria sa i korus att de ville ha spaghetti med köttfärssås, med extra ketchup.
-Och vad får det vara att dricka.
-Vi tar väl mineralvatten och om du inte har det så tar vi vanligt vatten i en karaff.
Det var Maria som svarade servitrisen som skrev för glatta livet.
-Då kommer vi snart ut med maten, sa servitrisen och skulle precis gå när Maria helt oväntat bad att få se det hon skrivit.
-Gud vilka vackra bokstäver ni använder er av, våra är så kantiga och industrialiserade.
Servitrisen blev en aning generad och pep iväg för att hämta beställningen.
-Såg du Marchus vilka vackra bokstäver de använde sig av.
-Jag såg och jag såg också att de var en aning långsamma att skriva om man behöver skriva något fort som t.ex. ett meddelande.
-Det verkar som om de är socialt rustade för besöket på Terra Goova. Kanske en aning naiva men det hoppas jag att

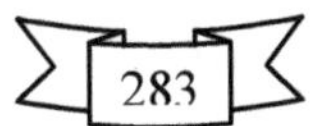

Jeannette och Jan inte kommer att utnyttja.
Maten kom in och alla började småprata med varandra solmånsbarn som människor. Maria och Marchus iakttog mest händelseförloppet och tycktes skönja en häpnadsväckande överlägsenhet och översittande typ. De pratade med solmånsbarnen som om de var mindre vetande, men det var ju i själva verket vi som misstolkat hela situationen och bombat ett fungerande samhälle tillbaka till stenåldern.
Maria blev lite förbannad och klingade med skeden vid kristallglasen.
-Jag känner mig så hjärtligt välkommen hit till eran planet solmånsbarn att jag nästan blir generad. Vi människor har alltid känt oss överlägsna andra varelser, och visst på Tellus, planeten vi kommer ifrån, så är vi varelserna med högst IQ men jag tror vi har lägst sympati och igenkännande av andra levande varelser. Vi kom till er planet, hälsade lite på er och sedan bombade vi hela planeten. Och nu står vi här jämte varandra sida

vid sida och det är inte tack vare oss utan det är tack vare er och er sympati som vi har möjlighet till det. Jag höjer mitt glas och skålar till solmånsbarnen och människornas samvaro.
Maria satte sig ner och alla i rummet applåderade stående.
Hon frågade tyst Marcus om det lät okej.
-Det var bland det finaste som sagts till dessa solmånsbarn och en välbehövlig skopa ovett till de stöddiga människorna.
Efter middagen så beslöt sig Maria och Marchus för att dra sig undan till rymdfärjan för en välbehövlig vila.
-Du Marchus vi åker väl ensamma i den här färjan va. Jag menar solmånsbarnen måste väl få plats i de andra tre färjorna?
-Ja herregud de var väl något på tretti personer, en färja tar ju ledigt 40 personer. Om vi delar upp det lite så kan de ju åka i två stycken färjor med femton personer i varje. Då åker de riktigt fashionabelt.
Maria fällde bak sin fåtölj när hon upptäckte en liten minibar.

Droppteorin

-Fan det finns ju en minibar ombord! Hur länge är det kvar tills vi ska åka hem till Terra Goova?
-Tja sisådär en 4-4½ timme.
-Då tar vi oss något gott att dricka sa Maria glatt.
Låt oss se vad som finns Gin, Alkoläsk, öl två halva flaskor rödvin det tar vi sa Maria och korkade upp en flaska. Varsågod min herre, eller ska jag säga herr diplomat. Och varsågod min sköna dam.
De båda smuttade på vinet och njöt av stillheten i kabyssen. Somnar jag Marchus så väck mig inte förens vi är framme, jag tyckte flygresan var så jobbig.
-Jag väcker dig i god tid så du hinner vakna till ordentligt innan vi är framme. Marchus satte sig jämte Maria och lade armen om hennes nacke och smekte henne ömt i håret.
-Den här dagen har vi skrivit historia Maria. Den första diplomatresan till en okänd civilisation och vi har överlevt.

Droppteorin

Det var fint av dig att hålla ett så välformulerat tal med viss beska åt mänskligheten som gjorde sig lustiga över solmånsbarnen.
Efter en liten stund somnade Maria och Marchus fångade precis hennes glas med rödvin innan det han skvimpa ut något vin. Sov älskling jag väcker dig lagom till hemkomsten. Själv smuttade han vidare på sitt glas. Och gick över till att smutta på Marias glas, när det var slut så kände han sig fortfarande sugen på något så han öppnade sig en flaska starköl.
Han sänkte bak Marias Ryggstöd och fällde upp en fotpall till hennes trötta ben. Marchus gjorde samma sak med sitt säte men med sätet precis jämte Maria.
Han gick lugnt över till Marias sida och gosade in sin arm under nacken på Maria.

Droppteorin

Kapitel 31

Snuttan & Dumsnuten äntligen hemma

Maria sov under hela hemresan och vaknade inte förrän Marchus strök henne över pannan och kysste henne på kinden.
-Vi är snart framme nu snuttan.
-Ooh vad jag har sovit gott, fast inte så bekvämt känner jag. Jag har ont i hela ryggen.
-Jag ska massera dig när vi kommer hem. Förresten hur ser det ut hemma nu, vi måste ju matcha den högtidliga och pampiga mottagandet av deras diplomater.
-Marchus gick fram till kaptenen och frågade om han kunde få låna radion en liten stund.
-Han fick tag i Jeannette som direkt snappade upp vad han menade.
-Jag fixar det, ni två har ett par dagars ledighet efter den här resan, som jag förstår har varit mycket påfrestande.
-Tack Jeannette då lämnar vi över diplomaterna på hangaren till dig och Jan, sedan åker vi hem och sover ett dygn känns det som.

-Det blir jättebra, vill du och Maria skriva en rapport om hur läget befinner sig nere på planeten så vore jag glad. Det kommer så mycket militär information att det är svårt att sålla bort allt som inte hör hemma och fokusera på det civila samhället.
-Det ska jag visst göra men det blir nog inte förrän i morgon. Ikväll ska jag och min käresta bara mysa och sova. Klart slut.
-Klart slut.
Marchus tackade för lånet och frågade kaptenen om hur lång tid det är kvar tills vi är i hangaren.
-Tja, cirkus 20-25minuter är det kvar tills vi har landat och allt sånt. Det är nog kanske 10min kvar tills vi påbörjar inflygningen och kan börja se Terra Goova.
-Är du snäll och säger till oss när vi påbörjar inflygningen.
-Javisst det ska jag visst göra. Var det jobbigt nere på planeten, jag menar med alla skadade och döda?

-Jo, det var en mycket ansträngd resa. Det kom strömmar med hungriga, sjuka och skadade människor. Liten ljusning var det ändå att byggubbarna kom igång relativt fort med uppställningen av bostäder. Men på det hela taget så var det en mycket dramatisk och djupt depressiv bild jag fick framför mina ögon. Men nu är jag trött och går och sätter mig, du säger till oss och så då?
-Ja det ska jag göra.
Maria hade kurat ihop sig i innersätet och blundade.
-Snuttan vi är snart framme nu, kaptenen säger till oss när det är 10minuter kvar. Jag har även pratat med Jeannette angående överlämnandet av diplomaterna. Vi kommer att gå av vår skuta först så vi står vid trappan till deras rymdfärja. Efter det så ska vi bara åka hem och vila ett par dagar för att hämta hem oss.
-Vad skönt. Jag känner mig så trött, så tom, så slutkörd. Man skulle kunna tro att vi varit nere på planeten en vecka.

-Vi har varit fullständigt fokuserade och det har ju inte varit helt lätt med språket heller. Visst vi förstod vad de sa och vad de menade men vi var ju tvungna att anstränga oss så mycket. Tänkte du på hur lika de var oss? Jag menar till utseendet och till sättet. Kanske att de även var något ödmjukare. Jag hoppas verkligen att inte Jeannette tänker utnytja det.
-Nej det tror jag inte, hon är nog snarare glad att vi fått sådan fin kontakt trots att vi i stort sett slagit ut en hel civilisation. Men vi har gjort vad vi satt upp oss att göra, vi har bevisat att droppteorin är sann, vi har bevisat att det finns civilisationer lik vår egen, och vi har bevisat att den har en kultur och sammansvetsning lik vår egen.
-Du har nog rätt jag känner mig bara så vansinnigt trött. En liten tanke slog mig, om vi är helt förbi av trötthet vad ska då inte diplomaterna i den andra kärran vara. Kanske det vore lämpligt att inkvartera dem i de tomma lägenheterna. De skulle ju faktiskt kunna få bo och

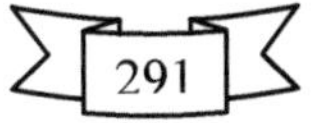

stanna här tills vi lyckats att montera ihop ett antal hus av finare kvalitet. Vad tror du om det?
-Låter sunt min lilla dumsnut. Men kan vi ta det i morgon?
-Nej, det här måste jag prata med Jeannette om NU.
Marcus gick fram till kaptenen och bad att få låna radion igen. Jeannette hej. Du förstår att ambassadörernas hus och liv är totalt-förstörda. Vore det inte lämpligt att de får inkvartera sig i några av de tomma husen eller lägenheter vi har över. Kanske de vill ta med sig sin familj upp hit i morgon. Vore inte det en fin gest, vi skulle ju rent av kunna ge dem ett varsitt kort med 20.000 crediter.
-Jag förstår vart du kommer ifrån och jag håller helt med dig. Det finns ett antal hus här på Terra Goova som kan vara lämpliga diplomatbostäder.
-Suveränt kan du boka dem åt diplomaterna så länge så talar vi med dem när vi har landat. Men kontakten vidare med diplomaterna får ni sköta

själva. Maria och jag måste hem och sova så fort som möjligt. Klart slut.
-Klart slut.
-Vi går in för inflygning nu, vi beräknas ha landat om ca: 10minuter.
Passagerarna reste på sig för att rätta till kjolen och blusen när de båda upptäckte hur skrynkliga de var. Maria borstade frenetiskt sin kjol och Marchus sina byxor.
-Jaja, det får duga så här, jag ska bara skvätta på mig lite parfym och borsta håret sedan är jag fixad och du med ser jag.
Väl framme på plattan möttes Maria och Marchus av Jeannette och Jan plus en stab av korrekt klädda soldater med värjor och gradbetäckningar.
-God afton fick Maria fram när de steg ner på plattformen. Gud så skönt att känna fast mark under sina fötter. När väntas diplomaterna inkomma de borde vara h… där titta de taxas just nu in. Soldaterna stramade upp sig och spände skinkorna, höjde sina sablar och väntade Jan, Maria, Marchus och Jeannette stod

vid trappan och välkomnade de första diplomaterna att beträda Terra Goova. Maria och Marchus överlämnade dem i Jeannettes och Jans vård, varpå de gick ut utanför terminalen för att få tag i en trolley. Marchus viftade lite med handen och en trolley som stod parkerad rullade fram. De sade sin bostadsadress och lutade sig bakåt, Maria slumrade till direkt.

Öh, du Maria vi är hemma nu sa Marchus när de rullade in på gården. Muf, Maria kravlade sig ur bilen och de båda gick mot sitt hus. Maria gick som i dvala och Marchus låste upp dörren. Maria gick in och sparkade av sig sina skor och jacka resten av kldäderna slängde hon av sig samtidigt som hon gick till sängen. Marchus som inte var lika trött gick efter och plockade upp kläderna och slängde dem i tvättunnan, han tittade till Maria som somnat ovanpå överkastet i trosorna. Han tog fram en pläd ur skåpet och svepte om henne och pussade Maria på kinden.

Sedan gick han ner till köket och hällde upp en stadig whiskey. Han gick igenom vad som hänt, vad de hade sett och känt under hela resan. Marchus kände sig ledsen och bedrövad över att situationen var som den var nere på planeten. Det kändes som om solmånsbarnen var så goda och fina varelser. Vi människor har nog mycket att lära från dem.
Marchus gick bort till garderoben och tog fram en filt till och lade sig med kläderna på jämte Maria.

Droppteorin

Kapitel 32

De båda turturduvorna rår om varandra

Följande morgon så vaknade Marchus till den ljuvliga doften av nybryggt kaffe och scones. Han tittade upp och såg att Marias bädd var tom. Han tittade på klockan som visade halv elva. Huganimej har jag sovit så länge tänkte Marchus.

-God morgon min solstråle sa Maria ömt när hon kom upp till sovrummet för att väcka Marchus.

-God morgon, gud va jag har sovit gott inatt.

-Jag också fast jag vaknade lite tidigare än dig så jag har fixat lite scones och nybryggt kaffe.

-Får man marmelad till?

-Ja om man önskar det så finns det både apelsin- och jordgubbsmarmelad.

-Gud va du är gullig, och det söta lilla förklädet kläder dig så fint.

-Den här trasan asch den är väl inte mycket att yva sig över.

-Jo det är den och det är du också. Du sov så gott inatt att jag inte ville väcka

dig för att ta av överkastet. Därför sov jag i kläderna så jag inte skulle frysa. De känns skapligt skrynkliga nu.
Det gör inget dumsnut, vi tvättar bara upp dem och stryker på dem.
-Det är ingen brådska, det är ju snygg-kläderna och de använder jag inte så ofta.
Maria tog tag i Marchus hand och drog upp honom ur sängen och ner för trapporna.
-Varsågod min herre det är serverat ljumna scones med en kopp kaffe. Vilken marmelad önskas jordgubb- eller apelsinmarmelad?
-Jag tar gärna en apelsinmarmeladsburk.
-Varsågod sa Maria och räckte över burken. Ta det försiktigt så du inte bränner dig, jag tog nyss ut dem från ugnen.
-Man får tacka den sköna damen för detta påhitt med varma scones och kaffe…Förklädet känns som en bonus.
-Hur ser planeringen ut för idag då, frågade Maria.

-Jo till att börja med så har vi ett par dagars ledighet, vilket jag tolkar som tre dagar. Sedan så ska vi skriva en rapport om läget på planeten, vilket mottagande vi fick, hur stämningen mot oss var osv. Jeannette bad mig skriva rapporten men jag tycker nog att vi bör skriva var sin rapport så får Jan och Jeannette två sidor av samma sak. Du och jag kan ju ha upplevt saker och ting olika. Sedan föreslår jag en schysst måltid i planetariet, med dryck av lite starkare karaktär. Allt för att uppväga det tråkiga och jobbiga nere på planeten. Men våra renhåll-ningsmaskiner jobbar för högtryck så det torde vara upprensat från beccerel och kadaver inom en snar framtid. Jag åter-vänder inte till planeten förens det är något sådär upprensat. Kanske låter hårt sagt men jag orkar inte med att se dessa solmånsbarn fara så illa.
-Du har rätt det var oerhört påfrestande att se detta lidande och den totala förstörelsen av en helt fungerande civilisation. Men det är klart vi visade ju lite muskler och kuvade invånarna till

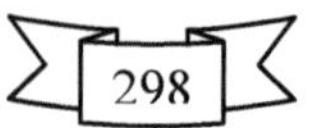

samförstånd. Tänkte du också på hur lika oss de var till utseendet. Fast de var i stort sett likbleka med lite större ögon som var kolsvarta. Annars verkade kroppsbyggnaden vara identisk med oss. Men de verkar ha ett märkligt immunförsvar som kunde stå emot så pass hög stråldos av radioaktivitet som måste ha utvecklats från våra bomber.
-Jag hoppas verkligen att Terra Goova Enterprise inte ska ha betalt för de futtiga husen som nu byggs nere på planeten.
Vore det inte på sin plats att fråga invånarna hur de vill att deras hus ska se ut. De kanske har helt annan uppfattning av hur husen ska vara konstruerade.
-Ja det vore ju en smart idé att fråga om det finns någon av deras arkitekter närvarande i något av lägren. Han eller hon skulle ju i samråd med våra egna arkitekter och ingenjörer kunna skapa hus som de är vana vid. Kanske att en sådan simpel sak som att toaletterna ser helt annorlunda ut. Men visst känns det

väl ändå som om vi närmar oss en assimilation.

-Tja det tycks bli en assimilation på våra villkor. Vi dikterar och de accepterar. Just nu så är solmånsbarnen i ett kraftigt underläge. Men vad händer när de blir mer hemtama, vem kommer då att diktera lagar och regler? Kommer vi att gå säkra på planeten eller hyser de ett tyst agg mot oss och knyter näven i fickan.

-Men det var smart av dig att komma på de tomma lägenheterna som finns tillgängliga här ombord Terra Goova.

-Ja det finns ju några stycken att tillgå. Och då får vi ju se på nära håll hur de reagerar mot oss när stressen släpper och ett vardagligt lugn sprider sig.

-De är väl rätt fina de lägenheterna som finns kvar?

-Tja, de ser ut ungefär som min lägenhet gjorde, ultrabasic, men det är ju en god start från att ha tvingats att bo i tält.

-Jo, det var ju vi som tvingade in dem i tältläger. Jag tycker att läkarna nere på plats ska få avgöra vilka som är så pass

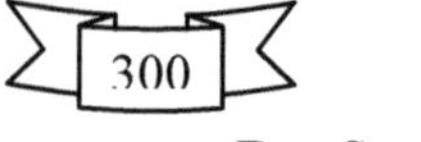

dåliga att de behöver mer ordnade former än ett fältsjukhus. Här uppe kan vi ju ha ett team som åker runt och medicinerar och lägger om förband. Politikerna som var deras diplomater kändes inte särskilt skakade över det som hänt. Det känns som om det är en ständigt pågående maktkamp, en ständig strid om vem som ska bestämma. Någon har lurat i dem att deras gud är den starkaste och grymmaste av dem alla därför måste vi lyda de präster och inskriptioner som stödjer denna trosuppfattning. När vi kom så bröts allt samman, en mental och fysisk kollaps. Inget av de gamla reglerna tycktes stämma och eftersom vi tycktes starkast så föll det sig naturligt att lyssna till oss, att söka och be oss om hjälp. Men vad händer om myntet slår runt och vi hamnar i en position då vi skulle behöva solmånsbarnens hjälp. Skulle vi då få den eller skulle de se ett sätt att bryta sig fria från oss? Bryta sig loss från diktaturens bojor.

-Apropå namnet solmånsbarnens, skulle du vilja ha barn med mig? Maria rodnade lätt och var djupt alvarlig.
-Det kan du ge dig fan på. Jag älskar dig så mycket och du har så mycket att ge. Du är generös både materiellt sett och generös av dig själv. Om jag får välja en enda människa att gifta mig med och ha barn med så är det du Maria. Nu var Marchus gravalvarlig, han tog Marias hand och bad om att få gifta sig med henne.
-Maria flög upp ur stolen och kastade sig runt Marchus hals. Ja det får du fick Maria fram mellan snyftningarna. Hon satte sig i Marchus knä och de kramades och pussades och tiden tycktes stå stilla. Efter en stund sa Marchus vi måste sätta upp ett datum för vår vigselförätning.
-Jag vill göra nu på direkten sa Maria helt spontant.
-Nej sa Marchus. Ska det vara så ska det vara ordentligt. Först så måste vi ha en lysning i en dagstidning där vi bestämmer datum för vigsel, och då ska vi även förlova oss. Du ska ha en

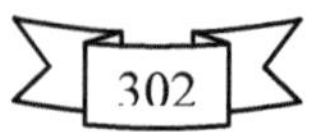

klänning du tycker om och jag ska ha en kostym jag trivs i. Sedan måste vi ju beställa en tårta, Den behöver ju inte vara så stor eftersom det i stort sett bara blir du och jag och Jeannette och Jan. Jeannette och Jan får ju även bli vittnen. Sedan ska vi ha ledigt i alla fall 2 veckor som smekmånad, så vi riktigt kan rå om varandra. Vi behöver ju lite tid till att tillverka det här efterlängtade barnet.

-Men jag tänker inte bli någon ynklig hemmafru som sitter hemma och ugglar hela dagarna.

-Absolut inte, den tiden som du behöver vara hemma med barnet kommer jag ta hem material till dig som du kan jobba med hemifrån. Sedan får ju jag lösa av dig så du också får känna på världen utanför hemmet.

-Du är så snäll Marchus.

-Nja jag vill bara inte att det ska bli som med min förra fru som jag hade på Tellus. Hon hade noll koll på vad jag gjorde om dagarna hon överöste mig med familjens problem som uppstått under dagen. Jag vill hellre att du får

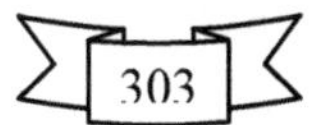

uppleva dagen utanför hemmet lika mycket som jag. Och så vill ju jag också lära känna lillknorren lika mycket som du.

Kapitel 33

Förlovning/Giftemål Något Av Mänsklighetens Stora Gåvor

De båda tu gick följande dag iväg till en guldsmedsaffär och tittade ut ett par fina förlovningsringar.

-De blir klara om ca: 2veckor sa expediten.

-Du Maria är det inte lika bra att vi beställer din vigselring nu också när vi ändå är här.

Maria provade och provade till slut hittade hon en diamantring med några blå stenar runt diamanten som hon ville ha.

-Vi vill att du graverar in mitt namn i Marias ring och Marias namn i min ring. Sedan vill vi ha datumet ingraverat i båda ringarna och även i Marias Vigselring.

Vigselringen ska jag betala sa Marchus, det är min gåva till dig.

Expediten tog betalt och de båda gick ut ur butiken.

Marchus tyckte att det var lika bra att sätta in en lysningsannons i tidningen

redan nu eftersom de ska förlova sig om två veckor och gifta sig om tre. De tog en trolley bort till dagstidningens redaktion. De förklarade sitt ärende och betonade att det skulle vara två annonser. Det hela var gjort på fem minuter.
-Nu, sa Maria, vill jag fira detta med en sjuhelsikes stor brakmiddag och jag vill göra det på en Kina krog. Du vet en sådan där man kan få fyra små rätter.
-Låter jättetrevligt men vi måste skriva våra rapporter i dag så Jeannette blir nöjd. Sanningen att säga så vill jag få ut våra intryck så snabbt som möjligt så att jag får ut dem ur systemet, om du förstår vad jag menar.
-Du har rätt, det måste få gå i första hand. Solmånsbarnen måste få skydd och intensiv hjälp snabbt. Våra rymdfärjor måste åka i skytteltrafik med material och byggubbar. Nu har vi ju i alla fall etablerat en diplomatisk kontakt.
-De båda tog en trolley hem och satte sig att skriva varpå Maria sa; -Nej jag tar min laptop och sätter mig i köket i stället.

-Ja visst gör du det så knattrar jag här uppe. Efter någon timme så ropade Maria att kaffet var klart.
-Mm, fick hon till svar men ingen Marchus kom så Maria gick upp och hittade Marchus djupt försjunken i rapporten.
-Marcus sa Maria med len röst, det är fika nu. Jag har tagit fram några bullar ur frysen också.
-Jag kommer, det kan vara skönt med en liten paus.
Marchus gick ner och satte sig med sin kaffekopp och bulle och bara stirrade ner i bordet.
-Hur är det fatt Marchus frågade hans fästmö.
-Jag känner mig så ledsen när jag skriver rapporten, det är som att uppleva allt en gång till. Men nu är jag i stort sett klar med rapporten och kan lägga den bakom mig. Men vi får ALDRIG glömma vilken sorg och smärta vi åsamkat dessa solmånsbarn.
-Jag är också ledsen men jag tog nog ut det mesta av min sorg igår på färjan när

du pysslade om mig. Ska vi skippa kinakrogen ikväll och bara mysa hemma istället?
-NEJ, vi ska iväg och fira VÅRAN dag, och vi ska göra det utan dessa bekymmer. Nu har jag skrivit rapporten nästan färdigt och sen är det historia. Sedan vill jag blicka framåt mot vårt liv tillsammans.
-Maria sken upp som en sol och sa jag har köpt en röd topp på postorder som jag tänkte ha ikväll. Jag har skrivit färdigt min rapport så jag hoppar in i duschen och fixar till mig. Du kommer att ta mig med storm inatt om jag känner dig rätt.
-Nu börjar jag bli riktigt tänd, jag ska bara skriva klart några rader så kommer jag och gör dig sällskap i duschen.
Marchus gick upp för trappan och satte sig att skriva de sista raderna.
Han gick sedan ner för att klä av sig och hoppa in till en trånande Maria.

CENCUR

Efter en het dusch, väldigt het och naken dusch eller man kanske kan kalla det

uppstod ett litet vattenkrig med schampo-flaskorna mot dusch crème.
-Du Maria ska du inte med upp till sovrummet och sätta på dig dina paltor med?
-Nej jag är bara halvfärdig i duschen. Jag ska ju raka mig under armarna och på benen.
-Okidoki då går jag väl ensam upp till sovrummet och svidar om mig. Marchus tog fram nya strumpor, kalsonger, skjorta och en schysst kostym av ett hyfsat märke. Han tog god tid på sig och njöt faktiskt riktigt mycket över allt som hänt idag, han skulle få gifta sig med den person som han älskade mest av alla. Kanske de till och med skulle få barn ihop. Tankarna virvlade runt i skallen när han plötsligt kom på att han glömt slipsen. Han rotade i lådan och hittade en blå slips som tycktes fungera ihop med de övriga kläderna.
-Oj oj oj, stiliga ture ser jag, snyggt babe men nu får du gå ut så jag får klä mig ifred.

-Jag går ner och bokar ett bord på någon kina krog.
-Gör så men stäng dörren efter dig.
-Marchus bokade ett bord på en till synes respektabel kina krog. Han vågade inte beställa en trolley förrän Maria var klar.
-Är det okej om jag tittar på din rapport ropade Marchus.
-Ja visst.
Marchus öppnade Marias dator och letade upp filen och läste. Hon hade haft samma upplevelser som Marchus och tagit lika illa vid sig av det hon sett. Marchus stängde Marias dator med en suck.
När Maria var ombytt, tillsnofsad och klar gled hon ner för trappan likt en ängel och formligen lyste av aura.
-Men snuttegumman vad du är het alltså. Det är knappt man vågar närma sig dig. Du är så vacker, så söt och äh kom hit så jag får kyssa dig min älskade blivande hustru.
Maria ringde efter en trolley och de båda susade iväg till kina krogen. De hade en mysig och väldigt sensuell afton med lite

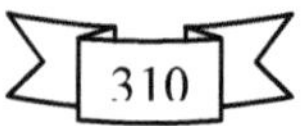

dricka och mycket mat och prat om framtiden. För de kände på nytt att det fanns en framtid även för dem. En känsla som inte funnits på ett bra tag varken för Marchus eller Maria.
Maria och Marchus tog fnissandes och pussandes en trolley hem och där…CENSUR.
Dagen därpå vaknade både Marchus och Maria skapligt tidigt, troligtvis därför att de inte druckit mycket alls och därför att de båda ville lämna in sina rapporter och höra hur diplomatmötet fallit ut.

Droppteorin

Kapitel 33

Solmånsbarnen och Människor i Samlevnad???

Mötet mellan Jeannette, Jan och solmånsbarnen hade fallit mycket väl ut. De hade kommit så långt att de börjat diskutera bostäder och åkermark med tillhörande djurhållning. De tyckte alla att den mänskliga maten smakade mycket bra så vi kunde plantera ut vår boskap och viltdjur vi hade med oss. Solmånsbarnen hade aldrig haft något penningsystem utan alla hade sysslat med det de tyckte var roligast och det hade fungerat bra i alla fall 4500 år. Allt hade byggt på ett samarbete visst fanns det politiker som såg till att det mesta skötte sig och ibland fick de rikta allas uppmärksamhet på något särskilt som t.ex. sjukvård, skola eller äldreomsorgen. På det hela taget så var det en mycket sympatisk samling individer, och vi var varmt välkomna att bruka jorden och flytta ner vår egen befolkning vart efter det byggts bostäder. Men något penningsystem ville de inte medverka

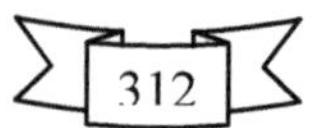

till. Som solmånsbarnen såg det så skulle det bara degradera invånarna och törsten efter penningen skulle bli för stor. Man skulle glömma det viktigaste i livet nämligen glädjen, glädjen till att göra sin nästa lycklig. Men så hade de en väldigt totalitär religion där straffen var mycket kännbara för dem som inte lydde kyrkan det strängaste straffet var döden, genom tortyr. Så man kan säga att deras belöningsaxel var genom kyrklig tro. Därför tycker jag att vi fortsätter med vår belöningsaxel med crediter baserat på arbetsinsats, avslutade Jeannette sin rapport med.
När Marcus läst den så sa han, Tja det var ju bara en exakt följetong på vår rapport från planeten.
-Ja sa Jeannette, det känns ruskigt där nere men vi börjar få kontroll över situationen och vi har ett antal tusen inkvarteringar här på Terra Goova som står till solmånsbarnens förfogande. De har redan börjat flytta in och de har alla fått ett var sitt kort laddat med 20 000 crediter. Vi tänker att det är en god

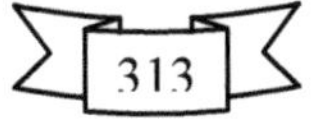

början till att introducera ett penningsystem på planeten så kyrkan får betydligt mindre makt. Vi har planer på att introducera det även i flyktinglägren också. Där de får 20 000 crediter till att betala sin mat och sitt uppehälle med. Naturligtvis så kommer de även att kunna köpa lite trevliga saker också, såsom biobesök och restaurangbesök. Kanske de vill piffa upp sig en aning med nya kläder eller lite parfym. Kanske att det kan få deras tankar på något positivt i stället för att grubbla över sin livssituation som är slagen i spillror.

-Hur ser det ut med deras boende som ska byggas nere på planeten? Frågade Maria.

-Jo de har levt ungefär som vi i både villor och flerfamiljshus. Duschen ville de ha vattenburen likaså vattenburna radiatorer till värme källa. Tydligen så kan det bli väldigt kallt på planeter över vinterhalvåret. Planeten är även något mindre än Tellus, därför blir det färre dagar per år. De visade mig sin kalender men jag har glömt hur den exakt såg ut.

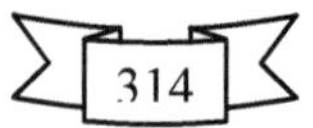

Droppteorin

Därför är byggandet av vatten & avlopp samt vattenreningsverk i full gång. Vi har färdiga moduler som bara är att sättas upp här på Terra Goova.
-Hur ser det ut på vatten tillgången då, undrade Maria?
-Den är god, planeten har mycket gott om färskvatten som rinner i forsar sjöar och även glaciärer. Så råvattentäkter är det inget problem med att hitta. Och rening av vatten och färskvattensdistribution är så billig att den bjuder vi på.
Villorna och en del flerfamiljshus står faktiskt redo att flyttas in i. Solmånsbarnen har fått välja möbler ur kataloger som vi tryckt upp åt dem. Så vi hoppas det ska bli okej nödbostäder.
-Och deras kyrkor hur ser de ut, jag har förstått att deras religion är mycket viktig för dem, frågade Marchus.
De har förkastat sin tro när de såg kraften i våra missiler. De trodde att deras tro skulle skydda dem mot allt bara de följde vissa riter och ritualer.

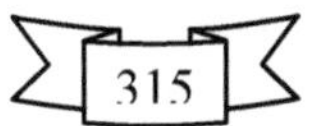

-Men då måste de väl göra ett avstamp från sin religion med någon form av rit undrade Jan.
Jo det är riktigt och vi kan räkna med att det kommer finnas de som vägrar acceptera nedläggningen av deras religion, utan väljer att gå under jorden.
-Apropå ingenting så ska Marchus och jag förlova oss om två veckor och gifta oss om tre veckor. Det blir en stor balluns och vi kommer att ta ut tre veckors ledighet då vi försvinner till hemlig ort, vi har sett att det finns några hotell och rekreationscenter här på Terra Goova.
-Men Marchus har du inte fått nog av giftermål än? Frågade Jeannette
-Nej, inte när man hittar den rätta. Då finns det inte några regler eller någon historia som kan hindra en.
Både Marchus och Maria fick varsin bamsekram både av Jeannette och Jan.
Nej hörni nu släpper vi det här med solmånsbarnen och deras planet och ägnar oss åt varandra en tid. Härmed utlyser jag tre dagars ledighet åt alla som

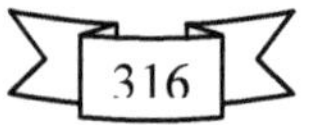

har med den teoretiska delen av projektet att göra. Gå hem ni turturduvor så ses vi om tre dagar.

Kapitel 34

zzzZZZzzz Det flummiga rökattzzzZZZZzzz

-Följande morgon vaknade Marchus och Maria med en sjuhelsikes huvudvärk.
-Drack jag så mycket i går undrade Marchus.
-Det undrar jag med flämtade Maria. Det satt några solmånsbarn vid baren och rökte jag trodde det bara var vanliga cigaretter men det skulle ju kunna vara något annat.
-Strunt i det nu här har du några huvudvärkstabletter. Jag går ner och fixar lite frukost. Marchus gick ner för trappan när han plötsligt svimmade och ramlade ut för trappen.
Maria kom utrusande som en raket när hon hittade Marchus krampandes på golvet. Hon slängde sig på telefonen och ringde efter en ambulans. Det tog inte många minuter förrän ambulansen var framme med bår och en låda med mediciner i. De injicerade kramplösande medel direkt varpå Marchus slutade krampa och blev kontaktbar igen.

Droppteorin

-Vi tar med dig till sjukhuset Marchus sa en av ambulanskillarna.
-Okej, kan Maria få följa med i ambulansen? Frågade Marchus.
Ja visst. Hon får åka framme hos mig sa ambulansföraren.
-Jag ska bara hoppa i lite kläder fann sig Maria att säga. Hon formligen flög i kläderna och gick ut till bilen.
Väl på sjukhuset så togs en väldig massa prover.
-Läkaren frågade om Marchus gjort något särskilt dagen innan och då fann sig Maria och sa att de hade tagit en öl på en restaurang och där satt även solmånsbarn och rökte något som såg ut som cigaretter.
-Jaha du, då får vi drogtesta er. Urinprov är inte aktuellt med tanke på Marchus dåliga almäntillstånd sa doktorn. Utan vi får ta ett blodprov både på dig och på Marchus i stället.
De tog blodproverna och hittade en blandning av Cannabis och rökheroin.
-Detta är en oerhört kraftfull och oerhört farlig blandning sa doktorn. Ni ska båda

få med er tabletter mot ert illamående och svimningar. Reaktionen ni har haft är inte bakfylla utan troligen en abstinens. Sedan får vi trappa ner på styrkan av tabletterna successivt. Jag måste även göra en förgiftningsanmälan till Jeannette. Det är inte riktigt att de ska sitta och droga ner sig på almäna utrymmen där folk ska ha roligt.

-Nej sa Marchus det här va fan inte kul. Du ska ha tack för hjälpen men nu måste jag och Maria skynda oss till HQ för att avlägga en rapport. Sedan ska Maria och jag hem och kurera oss.

-**NEJ** sa doktorn. Ni ska båda hem och **VILA ER NU DIREKT. JOBBET FÅR NI TA TAG I NÄR NI FRISKNAT TILL.**

-Maria ringde upp Jeannette direkt de kom hem och avlade en rapport.

-Hur är det fatt frågade Jeannette.

-Vi har väl mått bättre. Bekymret är att puben var fullsatt igår, så det lär nog bli fler besök på läkarmottagningen. Jeannette vi måste söka igenom varenda lägenhet och hus som solmånsbarnen

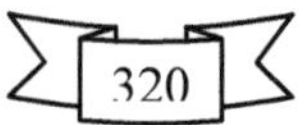

vistats i. Sedan måste vi visitera varenda en av dem och plocka av dem narkotikan. De får hålla sig till tobak och alkohol som berusningsmedel och små mängder amfetamin som uppiggande medel.
Jeannette ringde upp Brigader General och bad om polisiär assistans. Det enda som Generalen kunde bistå med var Millitär Polisen ”MP” någon annan form av polis fanns inte.
-Okej sa Jeannette. Vi koplar in MP och ser vad de kan luska fram.
-Ett ytterligare problem som finns är att ett undantagstillstånd måste införas, annars har ”MP” ingen befogenhet att operera. Inför du ett undantagstillstånd så överlämnar du också makten till mig. Men det kommer att ske under en väldigt begränsad tid. Jag kommer hela tiden att konsultera er om vilka steg vi ska ta så jag inte förstör något i assimilationen.
-Då inför jag härmed ett…
-Du Jeannette du måste göra det offentligt genom radio och tv, sa Generalen.

-Okej, ring hit tv och radio både på Terra Goova och på planeten.
TV och radio var snabbt på plats med en så smaskig nyhetsutläggning.
-Jeannette förklarade att ett undantags-tillstånd är upprättat och samtliga invånare både på Tera Goova och på planeten är berörda. Inflygningen av material som inte har humanitär art bryts. Den transporten som rör mediciner läkare osv. kommer att vara kvar.
Jeannette satt och väntade ute i väntrummet på att första radio kontakten skulle knytas.
-Ja det var 1-3 här som vill avlägga rapport.
-Vi hör er klart och tydligt.
Rapporten är som följande solmånsbarnen i den här inkvarteringen innehar en stor mängd narkotika av den sort ni beskrivigt. Vi hittade även stora mängder narkotika klassade tabletter. Jag vet inte om de är tunga narkomaner hela högen.
-Det kan ju vara så att de är immuna mot narkotikan precis som med

radioaktiviteten. Jag menar att de själva inte känner mycket av den.
-Rapporterna haglade in om nya fyndigheter av narkotikan och alla besök till sjukhuset som går på knäna. Vi börjar få ont om mediciner mot abstinensen som kan vara dödlig om den inte behandlas.
Jeannette gick in till Generalen och bad om extrastöd till läkemedelsfabrikanterna så att de snabbt kunde öka sin kapacitet med läkemedlet. Generalen bifalde den åtgärden och bad Jeannette om assistans i att hålla kontakten med de farmacephtiska bolagen.
-Jeannette i radion, vi kommer att öka kapaciteten så mycket det går med just exakt den medicinen, övrig medicin får stå tillbaka tills vi fått kontroll över situationen.

Kapitel 35

Det gnisslar lite i det diplomatiska kanalerna, Dricka Ok, Röka förbjudet

Nu började även protester från solmånsbarnen att trilla in. Det är minsann okej att dricka alkohol som är så skadligt men att röka lite egna kryddor är minsann förbjudet.

-Hade det inte varit så farligt för oss i omgivningen så hade ni fått fortsätta att röka det ni röker. Men nu läggs personer in på sjukhus tack vare er rökning. Och tack vare er rökning så har jag varit tvungen att utlysa ett undantagstillstånd där militären är polis och det känns väldigt tråkigt, svarade en något barsk och pressad Jeannette.

De diplomatiska kontakterna blev frostiga för att uttrycka det milt.

Då drog Jeannette lite i de humanitära trådarna och beordrade att den humanitära hjälpen skulle bli ett minimum tills den här konflikten var löst.

Inom 24timmar så var konflikten löst och solmånsbarnens ledare gick via sina

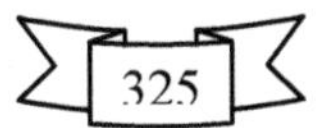

diplomater ombord på Terra Goova i bräschen för att få stop på narkotikan och plötsligt började man lämna in på polis-stationen sina lager av röknarkotikan. De förklarade sig så att de själva inte kände någon större berusningseffekt av drogen utan att det var nog ungefär som vad cigaretter och snus var för oss. Men alkoholen var den drog som nog både människan och solmånsbarnen kunde enas om var lämplig för dem bägge.
Jeannette gick ut med ett dekret om att alla tobaksvaror numera är förbjudna då solmånsbarnen har gått med på att sluta röka narkotikan. Naturligtvis så kommer det att finnas rökavvänjnings medel i form av tuggummi, plåster och munsprayer både vad det gäller solmånsbarnens rökheroin som människornas tobak. Containrar placerades ut med vakter runt för att säkerställa att det som kastades i containrarna skulle få ligga kvar där. Det hela tycktes lösa sig och likt en manifestation ställde sig flera hundra

solmånsbarn och människor utanför HQ och begärde att allt som låg i containrarna nu skulle brännas. Maria och Marchus var hemma men såg det hela på TV. Maria ringde upp en något uppstressad Jeannette och sa vi bränner skiten i värmepannan vid värmeverket.
-Du har rätt det måste göras nu medans människorna och solmånsbarnen är sams. Det kan ju bli ett lyckligt slut på den här historien.
Jeannette tillsammans med Generalen beslöt att innehållet i containrarna skulle förstöras genom att eldas upp i värmeverket. Stora lastbilar kom eskorterade av militärpolisen och tog med sig containrarna för destruktion vid värmeverket. Allt visades i TV och recenserades i radio.
-Jaha då har vi gjort ett diplomatiskt avstamp sa Jeannette tyst för sig själv när hon tittade på TV:n och såg container efter container åka in i brännugnen. Jag trodde faktiskt att vi skulle få större problem med solmånsbarnens narkotika än vad vi fick.

Att priset var tobaken var lågt, mycket lågt i jämförelse mot vad det kunde ha varit. Det kunde mycket väl ha blossat upp stridigheter mellan militärpolisen och invånarna på planeten.

-Jeannette letade upp Brigader General för att återta undantagstillståndet. Radio och TV var närvarande som brukligt är. Jeannette höll ett tal om att brödraskapet och systerskapet åter är infört. All normal verksamhet både på planeten och på Terra Goova är återinfört. Hon tackade Generalen för MP:s fina insats och betonade att hon var glad att ingen kommit till skada under perioden av undantagstillståndet.

Alla närvarande applåderade samtidigt som Jeannette skakade hand med Generalen.

Det var kväll så Maria knäppte av TV:n och gick upp till Marchus som låg och läste lite.

-Hur mår du Marchus frågade en lite bekymrad Maria?

Droppteorin

-Jo jag mår rätt okej, tabletterna vi fick på sjukhuset fungerar ganska bra. Du då hur är det med dig?
-Jag känner mig lite håglös lite småfebrig och kroniskt törstig.
-Vi tar kontakt med sjukhuset i morgon, dom kanske måste höja dosen en aning.

Kapitel 36

Maria är sjuk, faktiskt döende om inget görs omgående.

Marchus ringde till sjukhuset följande dag för att se vad som kunde göras åt Marias feber och håglöshet.
Han fick till svar att Maria troligen blivit resistent mot medicinen och skulle därför behöva byta till en annan lite starkare sort. Vi behöver inte träffa Maria för att göra den här medicinändringen utan ni kan gå direkt till apoteket och hämta ut medicinen.
-Maria mår ganska dåligt kan jag hämta ut den i hennes ställe?
-Javisst ta bara med dig din och Marias legitimation så ska det gå bra.
-Tack så mycket för all hjälp, när kan medicin hämtas ut ungefär?
-Den är klar redan nu, så det är bara att ge sig av.
-Tack än en gång
-Maria du har fått en medicin ändring och jag ska kuta iväg till apoteket för att hämta den men jag behöver din legitimation.

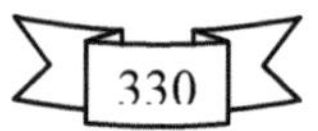

-Okej, den ligger i min väska bakom dig.
-Den här?
-Ja får jag den så ska vi se, här är den. Jag behöver inte följa med då?
-Nej hon jag pratade med på sjukhuset sa att det räckte med att jag uppvisade din och min legitimation.
-Jaha, ja då ligger jag kvar här och vilar mig.
-Gör det så kommer jag snart.
Markus gick iväg, det låg ett apotek i hans kvarter några hus längre bort så det var inte särskilt långt att gå. Ärendet var snart uträttat och han köpte några veckotidningar med korsord i till Maria. Marchus skyndade hem till sin blivande hustru.
-Halloj, ropade han när han klev in.
-Hej, är du redan tillbaka?
-Ja det var ingen kö så det gick snabbt. Varsågod jag tog med lite vatten. Jag köpte en stor läsk också, ställde den i kylskåpet så den skulle bli kall. Skulle tro det vore bra för fröken med lite snabba kolhydrater.

-Ja det är väl det enda som skulle vara snabbt i så fall.
-Jag tror ditt huvud skulle må bra av lite gymnastik så jag köpte några veckotidningar också så du har något att fördriva tiden med.
-Vad du är söt, kom hit så jag får ge dig en puss, det blev en lång kyss med tungor och tonsiller inblandat.
-Tur att du inte har någon virusinfektion Maria, för då hade jag legat jämte dig precis lika dålig som du.
Nej jag ska gå ner och sätta på kaffet och se om det kommit in några intressanta mail. Vill du att jag hämtar din lapptopp åt dig.
-Ja det vore hemskt snällt, ta med elkabeln också. Kan tänka mig att den blivigt en aning urladdad.
-Visst, här är dator och här är kabeln, ska vi se vart det finns något käckt uttag någonstans då? Här borta i hörnet sitter ett bra uttag, räcker sladden till dig?
-Jodå det blir bra min lilla dumsnut.
-Jag går ner och sätter på kaffe, skulle det smaka, eller mår du för dåligt? Alltså

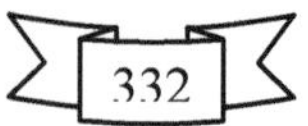

jag menar att jag kommer upp med kaffet till sängen så fikar vi här.
-Hjärtans gärna, gud va du är snäll mot mig. Jag hade sådan tur som träffade dig.
Marchus gick ner för trapporna och satte på fikat. Sköterskan han pratat med sa att effekten av den nya medicinen borde bli omgående max en halvtimme skulle det dröja.
Marchus höll koll ett öga på klockan samtidigt som han i snigelfart satte på kaffet och värmde några muffisar. Han satte sig att läsa tidningen och glömde helt bort tiden men kom på sig efter en stund och gick upp med fikat när han såg Maria sovandes lugnt och tryckt.
-Äntligen får du sova sa Markus för sig själv. Han bar ner brickan igen och hällde upp en mugg kaffe åt sig. Han fortsatte läsa sin tidning när Maria ropade på honom. Hon behövde gå på toaletten och skulle känna sig tryggare om han ville följa henne.
Marchus slängde en blick på klockan det var en timme sedan hon tog sin tablett,

hon borde ha fått någon effekt av medicinen nu.
-Jag kommer ropade Marchus till svar samtidigt som han tog trappan i tre steg. Maria satt på sängkanten och väntade.
-Hur mår du snuttan frågade Marchus?
-Mycket bättre faktiskt, men jag känner mig lite osäker på att gå till toan själv ifall jag ramlar.
-Jag går här jämte dig. Hur känns det, är du fortfarande yr och matt?
Nej faktiskt inte…Jag mår faktiskt riktigt bra känner jag nu.
-Va kul då går jag ner och sätter på den där kaffekoppen så kan vi fika där nere, kanske till och med på altanen. Det är ju ett strålande semester väder sedan Jan fixade med lamporna samma sol och värme som i Spanien.
-Maria kom ner i trappan och stannade upp och ropade ”Vart är du… och vart är kaffet”
+-Jag är här på altanen, tänkte vi kunde fika ute idag ropade Marchus tillbaka.
-Du Marchus jag har tänkt lite. Vad tänker du om dessa ”solmånsbarn”. Är

det verkligen dessa figurer vi vill ha till grannar. Jag menar vi har förstört i stort sett hela deras värld och ändå vill de knyta någon sorts band till oss. Det känns nästan som om de falskt tyr sig till oss som om vi skulle lätta på pungen ännu mera. VI SKA INTE FJÄSKA FÖR DEM, DE SKA FJÄSKA FÖR OSS, OCH MENA DET. Om de spelar falskt så kanske de fjäskar men av helt andra orsaker. Vi är knappast vänner, vi är inte heller bekanta utan vi är några luddiga främlingar där den ena parten söker vänskap och den andre bara ser på. Kanske det är dags att lägga lagen, det var ju på vårt skepp de missbrukade narkotika och gjorde många människor sjuka. De reflekterade knappt över saken utan det var bara vi som var svaga. Men jag tycker det var bra av Jeannette och ta i med hårdhandskarna och kalla in Generalen och utlysa marsal law. Konstigt att vi under hela forskningsfasen aldrig tänkt på polisen. Det är ju klockrent att vi behöver en polisstyrka och en polisiär myndighet.

Droppteorin

-Jag tror att Jeannette också går och funderar i dessa tankebanor, sa Marchus.
-Kanske det vore bättre att antingen ta en bit land med våld om så krävs, eller helt sonika lätta ankar för att se vad som finns på andra planeter.
-Jag röstar för det första alternativet. Vi har haft diplomatiska kontakter, vi har etablerat någon form av förtroende mot varandra. När vi sa till om rökat så lämnade faktiskt alla in sin narkotika. Vad mer finns det att begära av dessa solmånsbarn tills vidare?
Nu återstår bara byggandet av hus och kultiveringen av marken så vi kan börja odla vår och solmånsbarnens mat där. Sedan **måste** vi införa någon form av belöningsaxel vi har ju vant oss med crediter, kanske det är en form att bygga vidare på.
-Jo du har nog rätt. Solmånsbarnen kunde ju faktiskt inte veta att vi var överkänsliga mot deras cigaretter. Och kanske är det så att de går att lita på mer än vad vi tror.

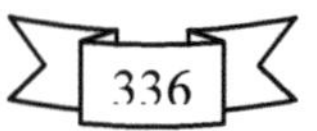

Droppteorin

-Ja jag tycker nog att vi ska satsa på den här planeten och se solmånsbarnen som en god granne.
-Jo vi har ju ända sedan vikingatiden idkat handel med främmande folkslag. Visst vi rövade ju först för att sedan sälja det till ovetande främlingar. Hur som helst så har vi ju alltid haft ett penningsystem som motor i våra samhällen.
-Vi får nog ta upp det här men Jan när vi kommer tillbaka till jobbet.

Dropptteorin

Kapitel 37

Tre dagar passerade med lugn och ro. Maria och Marchus kurerade sig med medicin och mådde förvånansvärt bra. De hade kommit in i en skön dygnsrytm och sovit ut på mornarna haft kuddkrig och tagit långa promenader och bara varit med varandra.
-Maria berättade att hon nu slutat ta p-pilrena så när mensen kommer är det bäst att han håller sig på mattan. Marchus skrattade och sa jag hoppas att vi ska överleva det med. Vi kommer att få det så bra ihop ska du se med eller utan p- piller. Och om du blir gravid så är det en himmelsk gåva det första människobarnet som föds i ett annat universum. Du kan räkna med att jag kommer att vilja vara hemma precis lika mycket som du snuttis.
-Dumsnut det är klart du ska det. Jan och Jeannette kan se sig om i häcken om de tror att vi tänker sätta jobbet först. Jeannette hade haft tre häktiska dagar framför sig med diplomati och försök till

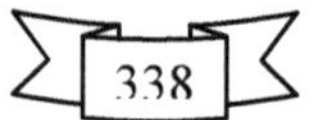

samspel. Till slut hade både solmånsbarnen och den mänskliga delen kommit överens om att det vore bäst om den styrande delen av jordborna flyttade upp till Terra Goova i de tomma lägenheterna. De hade tittat runt med stor förundran om hur fint och välordnat allting var. De började även rucka lite på sitt beslut om att använda någon form av belöningsaxel som t.ex. crediter var. Allt man tjänar är beroende av din arbetsinsats och inte din ställning i samhället.

-Vi vill bo hos er som bröder och systrar, som jämlikar, sa Jeannette.

-Ja fyllde Jan i, vi vill varken vara mer eller mindre värda. Och vi har en hel del kunskap som vi gärna delar med oss av.

-Då är det bestämt, vi utser de som ska bo här uppe på Terra Goova inklusive oss själva. Men vi måste göra något åt ert strupband, ni låter ganska skojigt.

-Då lämnar vi er här på Terra Goova några dagar till så kan ni utse vilka som ska följa med upp till oss. Men det måste vara NI själva som fattar beslutet och det

måste vara NI som talar om resultatet för era med-borgare.
Maria och Marchus tittade in på HQ när deras sjukledighet var slut.
-Hur går det med solmånsbarnens diplomater frågade Maria lite hurtigt?
-Jodå det har gått relativt friktionsfritt. Jan och jag själv har lämnat dem fritt här på Terra Goova att fundera ut vilka som ska få skickas upp hit till de tomma lägenheterna och vilka som ska vara kvar. De har alla fått ett plastkort laddat med 20 000crediter, precis som vi alla fick när vi började vår resa.
Arbetet med radiacförgiftningen efter missilerna börjar gå mot sitt slut.
Vi har börjat förbereda kultiverings-maskinerna för transport ner till planeten. I takt med att vi fått bort strålningen så har regnet börjat avta. De sjukaste och mest skadade är på bättringsvägen övriga plåstras om likt löpande band. Vi har skickat ner mer tält och matat på med boenden i så snabb takt som bara är möjligt. Fabriken som vi placerat på planeten går på full

kapacitet nu. Vi producerar nu egna stugor och boenden enligt arkitekternas och ingenjörernas anvisningar. De kommer ut i byggsatser som monteras upp i lite större bostadsområde. Det känns som om vi blivigt lite mer du och bror med solmånsbarnen.

-Marchus och jag hade starka funderingar på om det inte skulle fungera skjutsingens så mycket bättre om det fanns en belöningsaxel likt den vi har här på Terra Goova. Alla blir ju då ekonomiskt lika varandra. Ingen skulle ha ett större eller mindre ekonomiskt inflytande varken politiskt eller privat.

-Vi har redan diskuterat den frågan och det känns som om de börjat mjukna lite när de sett vad man kan åstadkomma med lite belöningar.

Vårt nuvarande system med crediter har ju varit extremt lyckat. Alla får 20 000crediter att handla för sedan är det ju upp till var och en att spara eller slösa. Sedan fylls det ju på med nya crediter varje månad eftersom du jobbar.

Droppteorin

-Ja jag och Marchus har tyckt att det varit ett strålande koncept.
-Har du och Marchus lust att hänga med ner till planeten för en inspektion av hur arbetet fortskrider?
-Ja visst vi hänger på, hur dags ska vi vara redo?
-Tja de lastar en massa grejer just nu så säg om 3 timmar.
-Passar bra, då hinner vi käka innan vi far.
-Du Maria, det känns som om den skulle fungera den här assimilationen sa Marchus samtidigt som de gick till någon form av restaurang.
-Ja det känns mycket bättre nu än vad det har gjort tidigare.
-Kanske beror det på att vi bjudit lite på oss själva? Jag menar valt ut de styrande politikerna till att följa med upp hit till Terra Goova. Vi har visat att vi bara har goda avsikter med vår ankomst, att vi inte tänker utnyttja solmånsbarnen på något sätt utan vill behandla alla lika.
-Där Marchus där ligger en fin kinakrog ska vi hugga den?

Droppteorin

-Ja varför inte, friterat fläsk i sötsur sås är ju inte så dumt.
-Eller biff med lök och bambusott. Mums.
-Jag kan inte riktigt förstå varför solmånsbarnen var så kritiska till ett belöningssystem. De har ju lagt all makt åt politikerna som verkar vara valda på livstid. Jag undrar vad de kommer att säga när vi vill ha val lite oftare kanske låt säga vart sjunde år?
-Jo de lever lite diktatoriskt och det känns som om de mer är präster än politiker. Vi tar varsin starköl till maten sedan vill jag ha biff med…
När allt var lastat och klart så for kosan iväg mot planeten igen.
-Ska vi inte fira vår återresa till planeten med något drickbart frågade Maria?
-Jovisst men vi har kabinpersonal på den här diplomatiska resan. Fröken ta upp våra gästers beställningar först, vi kan vänta lite med vår beställning.
Efter gästernas beställningar blivit upptagna så var det dags för Marchus att beställa, han ville han en stor öl och

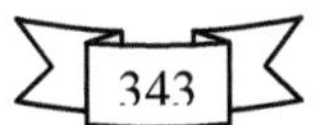

Maria en halv flaska vitt vin. Jeannette som skulle hålla i hela paketet höll sig till mineralvatten.
När de anlänt till planeten så tackade alla för sig och de gick åt var sitt håll.
Ärligt nu Jeannette hur gick resan med diplomaterna frågade Marchus?
-Jo den gick bra, väldigt bra faktiskt. När de såg hur friktionsfritt och smidigt allt flöt och att vi inte hade några trashankar så tände de mer och mer på en belöningsaxel likt den vi har på Terra Goova.
-Kanske vi börjar närma oss något som skulle kunna kallas assimilation.
-Det har vi redan. Diplomaterna har skrivit under ett dekret om att vi är välkomna att flytta ner till planeten så snart det finns bostäder. Men solmånsbarnen ska få flytta in först och de är faktiskt inte så många till antalet som vi först trott utan de är nog cirkus 30 000st, många avled till följd av den brutaltkraftiga explosion som en atombomb utgör. Lägger man då till våra 30 000 invånare på Terra Goova så har

vi en mindre stad på 60 000 invånare. Så det vore bra om de gick med på vårt förslag om belöningsaxeln. Om de inte gör det så kommer de att bli utanför all service och affärerna kommer inte att kunna sälja något till dem. Men som det lät tidigare så är diplomaterna och politikerna helt inne på samma linje som vi.
De tre strosade runt lite och tittade på fabriken och kultiveringsmaskinerna som satte igång att luckra upp jorden så den skulle bli klar för sådd. De tog sig även en tur till ett av fältsjukhusen och det såg mycket bättre ut än vad det gjorde sist som Marchus och Maria var nere. Det var inte alls så många svårt skadade utan det var mer lindriga skador som krävde lite förband.
Vid byggarbetsplatsen så var det full aktivitet. Man hade redan rest de 10 000st husen som kom från Terra Goova. Man hade även rest 15 000st hus som var tillverkade i fabriken. Dessa 25 000st husen låg vackert belägna jämte en fors där man även hämtade

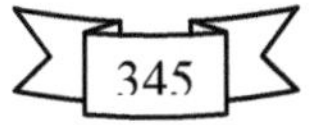

dricksvattnet ifrån. Utav dessa 25 000st husen hade 20 000st gått till solmånsbarnen och 5 000st hade gått till de som arbetade på planeten. Man beräknade att man bör ha kommit upp i 60 000st bostäder inklusive flerfamiljshus inom någon vecka två på sin höjd.
Marchus och Maria kände sig nöjda med rundvandringen som kändes betydligt mer positiv än vad den första resan kändes. Det hade till och med börjat gro lite gräs. De pratade lite med byggansvarig ingenjör och frågade lite om hur det är på landsbygden?
-Jo, där kommer det att byggas upp små byar eller samhällen där bönderna som ska bruka marken och ha djurhållningen ska bo. Där ska även finnas plats för alla traktorer och maskiner.
-Ja marken verkar bördig sa Maria.
-Ja det är en mycket fin jordmån. Vi har tagit lite prover och längre söderut så är jorden väldigt kalkrik så där passar det ju perfekt med vinodling. Och det finns färskvatten i mängder på planeten och

som ni ser så har gräset redan börjat återhämtat sig… Livets kraft är urstarkt.
-Du Maria… Tror du vi människor och solmånsbarn är sexuellt kompatibla, jag menar tror du man kan få barn ihop och så?
-Jag vet inte tänkte du på något särskilt.
-Ja jag har sett en kvinna som är ett solmånsbarn och hon är så himla söt. Jag tänkte bara fråga eftersom du har en naturvetenskaplig utbildning.
-Ja, jag tror att vi är kompatibla så länge det är kärleken som är drivkraften.
-Tror du jag vågar prata med henne, eller skulle det bara vara plumpt?
-Du ska följa ditt hjärta. Det är aldrig fel att närma sig någon så länge intentionen är äkta.
-Nej vi måste dra vidare hej då, och lycka till.
-Tack hej.
-Vad han såg konstig ut, var han ledsen över något. Är det något som vi kan hjälpa till med.

Droppteorin

-Det har jag redan hjort dumsnut. Fröet är sått nu väntar vi bara på att grodden ska gro.
-Vad menar du?
-Jo han har kärat ner sig i ett solmånsbarn och bad om lov till att närma sig henne.
-Jaha, ja så kan det ju också gå sa Marchus och fnissade till.
-Nej, vi har väl sett det vi ska se här nere eller vad tror du?
-Japp, ring upp Jeannette och cleara om det är okej att vi åker åter till Terra Goova med en av färjorna, någon bör ju vara färdiglastad med saker som ska upp till skeppet.
-Maria ringde till Jeannette och undrade om vi kunde ta en färja och forsla oss upp till Terra Goova.
-Det är okej bara den är färdig för avfärd så vi kan väl dra oss ner till färjeterminalen.
Maria ringde ner till terminalen och kollade om någon färja var klar för avgång inom den närmsta halvtimmen?

Droppteorin

-Jovisst det står en färja här redo att taxas ut, vi håller den tills ni ankommit.

Droppteorin

Kapitel 37

Allt problem känns plötsligt jättesmå i jämförelse mde Marias och Marcus kärlek

-Vet du vad jag vill göra när vi kommer hem?
-Nej vad då.
-duscha, fniss med dig.
-Fan det gick ju åt två hela flaskor duschcreme sist. Alltså vi fick knäskura golvet för hand. Fast det va ju ganska roligt. Ta mig tusan, det var värt knäskurningen. Fast det får bli lite senare i kväll för jag vill nog skriva en utförlig rapport om allt från det att diplomaterna anlände till Terra Goova, tills dess vi gjorde det här återbesöket till planeten. Låter lite skumt att hela tiden återge planeten för "planeten". Den måste ju ha ett namn som Merkurius, Saturnus eller Venus
-Du har rätt dumsnut, vi måste sätta projektet först och leka lite på fritiden. Tänk så långt vi har kommit och så mycket vi fått uträttat av det som vi på Tellus satte ut att göra.

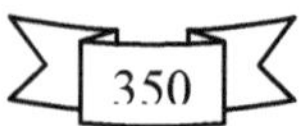

Droppteorin

Vi har byggt ett skeppsvarv, testat motorerna, byggt ett gigantiskt moderskepp som vi döpte till Terra Goova, vi fann barriären till vår ”droppe”, vi tog oss igenom barriären och kom ut till den här droppen som det fanns intelligent liv i. Vi håller på med en assimilation som tycks gå strålande, trotts vårt misstag att bomba planeten tillbaka till stenåldern. Mycket har hänt och mycket måste dokumenteras.
-Du har rätt snuttan, och det är vårt jobb att göra det. Kanske att vi ska vänta med trevligheterna i duschen och i stället fokusera på vårt jobb, sa Marchus samtidigt som han kittlade Maria i sidan.
-Hi hi hi, du är så busig jämt dumsnut.
-Nja jag kan vara alvarlig också, som när du insjuknade på grund av rökningen av narkotika. Då blev jag riktigt rädd när den första medicinen inte gjorde någon nytta.
-Men den andra har ju fungerat riktigt bra, jag känner mig bara lite frusen ibland.

Droppteorin

De båda hoppade ombord på färjan och satte sig i sina säten. Den här gången var det Marchus som somnade och la sitt huvud mot Marias axel.
-Sov du min dumsnut jag väcker dig när det är 10minuter kvar.
Marchus sov hela vägen och vaknade inte föräns Maria strök honom i håret.
-God morgon sömntuta sa Maria.
-Mmuff, hur långt är det kvar, frågade en sömnig Marchus?
-Tja jag skulle tippa sisådär en tio minuter.
-Har du lust att se om det finns något mineralvatten eller läsk i minibaren. Munnen känns torr som ett lackmustpapper .
-Här ska vi se sparcling water, det tror jag ska duga åt min herre. Maria hällde upp ett glas åt sin blivande fästman, det var inte lång tid kvar nu tills ringarna var färdiga. Vad tycker du vi ska göra på vår förlovningsdag som är i övermorgon.
-Jag vill göra något speciellt, något annorlunda. Jag vet vi hyr en helikopter och flyger till en bergstopp där vi skålar

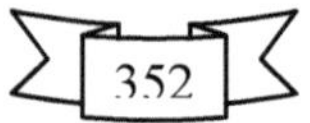

för framtiden och skriker ut vår förlovning så det ekar mellan bergen.
-Jag ringer och ser om det finns någon helikopter att hyra i övermorgon. Idén är fantastisk.
-Men nu när vi kommer hem, efter telefonsamtalet angående helikoptern och sammanställningen av rapporten, så vill jag helst bara sova.
-Om du fixar rapporten Maria så fixar jag med helikoptern

Droppteorin

Kapitel 38

Förlovning, Bröllop Och en väldig massa jobb

Kvällen kom och Maria satt fortfarande och knåpade med rapporten. Hon använde laptoppen så hon kunde gå runt lite i huset och få ett litet avbräck men ändå ha datorn med sig.

Marchus hade precis blivigt klar med att hyra helikoptern och ordna med transporten ner till planeten och en skjuts till helikopterplattan.

-Jahopp då var det fixat med helikoptern, sa Marchus. Hur går det med rapporten Maria?

-Det går nog ganska bra, har väl kommit ungefär halvvägs. Jag har försökt att vara så noggrann jag kan, men nu är klockan halv tolv så kanske att vi ska gå och knyta oss. Gick det bra med helikoptern?

-Ja visst det var lite trixit att få hyra en helikopter med så kort varsel, men den är vår i 7 timmar. Piloten visste en mycket trevlig plats på hög höjd.

Hur tänker du om bröllopet Maria?

Droppteorin

-Jo jag har alltid velat ha mitt bröllop i en kyrka med en präst som välsignar oss. Sedan hade det varit trevligt att inkvartera sig i en fin våning på något hotell. Jag tror att det i alla fall finns ett hotell här på Terra Goova och jag vet att det finns en kyrksal. Visserligen ingen 1700-tals kyrka men ändå något vackert. Och jag vill ha små rosenknippen fästa vid varje bänkradsknopp och sedan som avslutning en vacker klänning. Och du då vad har herrn tänkt ta på dig?

-Hrm, jo vi befinner oss ju i Spanien så en lite ljusare kostym med vit skjorta och en äkta sidenslipps är väl vad jag har tänkt mig. Om det är en kyrklig vigsel du vill ha min sköna så ska du få det. Kom nu min lilla prinsessa så går vi och knoppar.

De båda gick efter toalettbestyren upp och la sig. Maria som jobbat hårt med rapporten och som inte sov under färjeresan somnade nästan direkt. Marchus som somnade och sov nästan hela flygfärden och som inte alls hade ett så betungande jobb med helikoptern

kunde inte somna. När han väl slumrade till vaknade han lika fort igen av mardrömmar. Han beslutade sig för att gå upp och sätta på en kopp tee.
-Tänk att jag ska gifta mig igen, det blir två gånger i mitt liv. Men den här gången känns det äkta det känns varmt i hela kroppen. Lite störande är det dock att jag går och tänker på Maria även när det vore bra om jag kunde koncentrera mig på mitt jobb.
Fanken jag måste ju ha en bestman och det måste finnas två bröllopsvittnen också, Jeannette och Jan kanske kan ställa upp både som vittnen och bestman.
Tankarna bara yrde i Marchus huvud.
Det är så mycket som händer så snabbt.
-Skulle ju kunna ta med mig Maria på en tårtbuffé någon dag i veckan, helst före bröllopet, så vi får prova ut en fin bröllopstårta. Maria är nog den som har mest känsla för det så jag litar på henne när det gäller valet av bröllopstårta.
Marchus kände att Jon Blund närmade sig och skyfflade stora skopor med grus i hans ögonvrår. Nej nu går jag upp och

gör ett nytt försök att sova. Han hann knappt till sängen förrän han sov. Knappt han somnade så vaknade han av ett ryck av allarmklockan. Oh, är hon sju redan mumlade en yrvaken Maria.
-Mmm, svarade en zombieliknande Marchus. Jag går och sätter på en kopp Java mumlade Marcus samtidigt som han tog på sig morgonrocken.
När Maria kommit ner för trapporna och de båda börjat med frukosten så frågade Maria som vanligt vad som stod till buds på programmet idag.
Marchus frågade om hon inte skulle skriva klart rapporten medans det ligger färskt i huvudet.
-Jovisst ska jag det, men vad ska du göra min älskling.
-Jag har fått lite material på mailen som Jeannette ville att jag skulle titta på.
-När fick du det? Igår sa du inget om det på hela dagen.
-Jag tror det var vid tre tiden i natt som det damp ner. Jag kunde inte sova så jag satt lite vid datorn.

Droppteorin

-Herre jisses sover den människan aldrig.
-Ja sa Marchus med och flinade. Hon toppar onekligen ligan över arbetsnarkomaner ombord. Men hon bad mig titta på några kemiska beräkningar utifrån mitt screen analys program.
-Vad sa du att det hette sa du?
-Jo det är ett program jag har utvecklat så att datorn får givna variabler och gör sedan en analys av det simulerade testet. Testet körs sedan i en loop där det ändras lite åt gången framför varje simulerings loop. Sedan får man ett resultat då alla tänkbara och otänkbara variabler ändrats. Programmet är min egen uppfinning och jag har patent på det och Terra Goova Enterprice var för snåla för att köpa det. Därför skickas nästan alla simuleringar där variabelstorleken är okänd till mig för att köras i mitt simuleringsprogram. Det klirrar till lite i kassan varje gång någon använder det. Så det hade väl jag tänkt pula med det idag.
-Ska vi sitta med eller utan skärm?

Dropppteorin

-Kan vi inte vara lite wild and crazy och köra utan skärm idag?
-Det är taget, jag tänkte ändå sitta vid min laptop idag så jag kan gå runt lite i huset om jag så önskar.
-Jag måste ha lite kraftigare dator om jag ska köra screening programmet. Matteprocessorn är ett måste. Sen får vi väl hitta någonstans att käka lunch framåt tolvtiden.
-Det får vi väl ta när det närmar sig tolv tiden.
Klockan elva så var Marchus klar med sin screening och det kurrade bestämt i kistan. Marchus hade även tårtbuffén i bakhuvudet så han föreslog Maria om de inte kunde käka uppe i planetariet idag eftersom konditoriet som hade tårtorna låg våningen under.
-Jo visst kan vi det, sa Maria. De åt först en mycket lätt lunch i form av en vegetarisk sallad. Sedan åkte de ner en våning och provade sig fram i ett hav av tårtbitar. Maria och Marchus enades om en tårtbit och beställde en tårta i tre

Droppteorin

våningar med en gubbe och gumma på toppen

Droppteorin

Kapitel 39

Maria och Marchus blev inkallade till ett stormöte med Jeannette, Jan, Maria, Marchus och diplomater från planeten. Diplomaterna hade bott en tid ombord Terra Goova och hade väl egentligen undringen om det skulle kunna vara möjligt att införa ett credit system likt det på Terra Goova då allt är så välordnat.

-Maria sa, ja det hela hänger på belöningsaxeln. Utan belöning så finns det ju ingen anledning att slita och släpa på ett arbete. Arbetet blir kanske inte roligare men det finns en anledning att utföra det.

-Kan ni hjälpa oss att införa ett system som ert creditsystem?

-Självklart kan vi det, om ni lovar att vi delar broderligt på marken nere på planeten.

-Det är ett löfte.

Sekreteraren fnattade iväg och kom snart tillbaka med ett tjusigt utformat dekret i mörk mocka pärm där båda parterna

lovade att Dela på all den samlade kunskapen samt att dela på marken nere på planeten, vad heter planeten undrade Maria.
-Den heter sol och månhalvans jord.
-Vilket vackert namn sa Maria, stillsamt.
-Då så var vi väl klara sa Jeannette. Ska vi åka ner till sol och månhalvans jord så vi får se det nya stadshuset och rådhuset. Sedan är era sol och månhalvans barn diplomatbostäder klara för inflyttning med alla bekvämligheter som ni har haft här på Terra Goova. En del av våra bostäder ska också vara färdiga.
Väl nere på planeten så tittade diplomaterna
storögt på de nya fina husen.
-Jaha ja då är det väl bara att välja ut ett hus som passar er familjesituation. Jag kan förstå att det största lyxigaste huset känns mest angeläget men tänk då tillbaka till Terra Goova, där var det inte pampigheten som var vikigast utan funktionaliteten.
Sedan har vi något lite oväntat dekret att komma med Vi människor vill gärna att

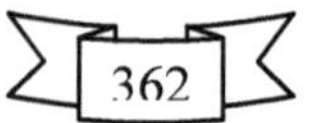

ni ska bevittna och njuta lite av VÅR tradition där man tar sin hustru i handen och lovar äkta trohet in i döden -8st brudtärnor och brudnäbbar Tog tag i Marias fingrar bakom ett skynke.
Jan släpade bort Marchus till andra änden av korridoren.
-Jaha du hur tusan har du tänkt nu?
-Vi vill viga dig nu Marchus som diplomat man och Maria som diplomat fru på livstid. Visst ni får fortfarande ägna er åt ert jobb, men ert plastkort kommer alltid att vara sprängfyllt med crediter. Det är vår lön till er för allt jobb ni utfört med så stor känsla, omsorg och omtänksamhet.

Droppteorin

Assimilationen är fulländad
Tanken till Moses och stentavlorna är
inte helt utan liknelse
Vad som händer i framtiden är en helt
annan historia som inte kommer att
skildras i de här tre böckerna.

-

-

-

The End

-

-

-

Medverkande förlag:
NORDSTRÖMS
BOD: Books On Demand